长江新创意设计丛书（2）

主　编：靳埭强

副主编：韩　然

物 象·心 象

——

新视角素描训练教程素描·探索·教学

李可贤 编著

安徽美术出版社

图书在版编目（CIP）数据

物象·心象——新视角素描训练教程素描·探索·教学／李可贤编著.—合肥：安徽美术出版社，2008.5

（长江新创意设计丛书／靳埭强主编）

ISBN 978-7-5398-1815-3

Ⅰ.物… Ⅱ.李… Ⅲ.素描－技法（美术）－高等学校－教材 Ⅳ.J214

中国版本图书馆CIP数据核字（2008）第025910号

丛书策划：曾昭勇　张李松
责任编辑：徐　维　张李松

主　　编：靳埭强
副 主 编：韩　然

长江新创意设计丛书(2)

物象·心象——新视角素描训练教程素描·探索·教学　李可贤 编著

安徽美术出版社出版发行

（合肥市政务文化新区圣泉路1118号

出版传媒广场十四层　　邮编：230071）

安徽美术出版社网址：http://www.ahmscbs.com

全国新华书店经销

合肥晓星印刷有限责任公司印刷

开本：787×1092　1/16　印张：13

2008年5月第1版

2008年5月第1次印刷

ISBN 978-7-5398-1815-3　　　　　　　　　　定价：55.00元

文　|　靳埭强

当今我国以自主创新作为建设创意大国的国策，改革艺术与设计教育是重要的工作。自从我国推行改革开放路线以来，经济改革成就显著，现代设计教育得以发展，在20年间迅速地进步，成功地从工艺美术改变为设计专业教育。但可能是发展过急，欠缺充足的时间与长远的策划，没有按部就班地进行实验与实践，设计教育还是重技艺而轻创意，沦为一种短视的职业训练。近十年来，这种设计教育无限地膨胀，全国大专院校无一不开办设计课程，疯狂扩招，争相建造堂皇的教学殿堂，热衷于引进新科技硬件；基础课程停留在上世纪80年代的模式，师资难求，大部分教师缺乏专业实践，难以向学生传授专业经验。这种现象是我国创意教育大危机的预兆。

2003年，我受李嘉诚基金会的邀请，在汕头大学将原艺术学院改革为长江艺术与设计学院，并任职院长。我们希望在现今艺术与设计学院教育的环境中大胆实验，办一所与众不同的学院，为设计教育再改革投石问路；若能引起同道关注，一起添砖加瓦，既可为我们创意事业尽一分心力，也可圆我人生事业上一个梦想。

长江艺术与设计学院办学宗旨是以中国文化为本，以国际先进新观念为基础，以具前瞻性的视野，开放的态度，跨领域的学习，培养能心手合一的创意人才。我们致力改革专业方向，调整学科结构，重新编写课程大纲，增强教学队伍，提升原师资创新观念，研发实验性课程，变老师是主导为师生互动研习。拒绝标准答案，培养独立思辨能力，使学生成为具有自主创新能力的人才。

我们经过实验实践，已取得一点成果。个别老师亦积极地总结自己的教学心得，编写专论。这套《长江新创意设计丛书》集中了我们的教研成果，作为长期出版计划，将逐年出版汇成书系，包括新课程的实验、专业教学的论述和硕士生专题研究等题材。我们无意编一套教科书，或建立一个新标准；相反，我们只想从新的角度探索不同的教学与研究课题，希望能引起更多更新的教学实验，努力在陈旧的体制内寻求突破。更希望同道先驱向我们提出宝贵意见，对创意设计教育事业支持鼓励。我衷心向付出过努力的我院师生和出版该丛书的安徽美术出版社致以谢意。

2007年11月汕头大学长江艺术与设计学院

文 | 杭　间

　　2003年上半年，在北京"非典"最严重的时候，靳埭强先生带着助手郭咏茵小姐来到北京，住在已经门庭冷落、客人寥寥的和平饭店。他此行的目的只有一个，要说服清华校方同意将我借调至汕头大学担任长江设计学院的副院长，协助他推进新的设计教学改革。

　　尽管有许多困难，但靳先生的诚心不仅打动了我也感动了清华大学和美术学院的领导，借调一事终于得以在校务会上通过。8月，我来到了风景优美的汕大，在桑浦山边日月湖畔安顿了下来，开始了我在汕大的生活。

　　此时，汕大已经有了冠以"长江"字头的三个学院：传播、商学、艺术与设计，之所以有"长江"两字，是因为李嘉诚基金会对汕大的教育投入由单纯的经费投入变为更多地参与管理的方式，以此来推动汕大教学的国际化改革思路。有"长江"字头的学院，正是率先实行新体制的教学单位。他们聘请了一批国际上有影响的才俊之士来到汕大，一时汕大众贤毕集。

　　长江艺术与设计学院的院长是靳埭强先生，副院长是著名世界设计史研究家王受之先生和我，我负责科研和日常工作。学院还有一个阵容颇为强大的顾问团，其中有著名文化人、香港"进念二十面体"的荣念曾、胡恩威，香港设计中心董事局主席刘小康，香港理工大学副校长梁天培，等等。这个顾问团与内地荣誉性质的顾问有很大的区别，因为一年四次以上的顾问会决定的是学院的大政方针，在我看来，顾问团实际上是学院的"常务委员会"。"长江"机制的学院还有一个最值得一提的地方是其所设的"行政总监制"，职权介于内地的行政副院长和办公室主任之间，但是又有所不同，他的工作直接受命于院长，在贯彻学院决定的时候有全权，比办公室主任管得多，从而决定了良好的行政效力。第一任行政总监是现在上海音乐学院艺术管理系主任的郑新文先生，他也是位香港人，有丰富的艺术管理经验。我们的合作，真是非常愉快。我回到北京度假时，面对朋友对于行政辛苦的关心问候，常常会心生自满，其实这都是得益于"行政总监制"的有效。

但汕大毕竟在汕头，作为一个偏于一隅的、年轻的大学，体制上的理念改革不可能解决所有问题，如何衔接和过渡性发展，是一个学院既要展开正常办学又要逐步提高的关键。学院采取了两步走的方针：首先，在教育理念上强力推进以中华文化为本、心手相应的、具有国际视野的新的教学模式。为此，学院约请了许多国际一流的师资撰写新的教学方案，建构一个全新的艺术和设计教育体系。第二步是引进师资和提升原有师资同时并进，高校扩招以来对优秀师资的需求量大增和教育部本科教学评估推行后对优秀人才的流动和促进，几乎是同时开始的。人才难求众所周知，虽然汕大有李嘉诚基金会的支持，在人才引进的待遇方面具有优势，但在全国高等教育的人才战略烽烟四起的形势下，汕大在地理环境上并不具备优势。因此，在积极引进的同时，如何提升原有的师资不仅是保证教学正常展开的关键，也是关系到整个教学改革成败的关键，因为，这样一批教师毕竟是学院教学的中坚力量。

学院采取了很多措施来解决这个问题。除了充分信任这些在校工作多年的教师，同时还请来新课程设计者与他们一起座谈讨论，沟通交流教学理念，组织他们到香港著名高校去考察，参加学术活动，开阔他们的视野，就这样，学院在每一门课上均着力推行提升。四年过去了，教师和学生均从中感受到教学改革带来的成果。

这一套丛书，就是这些成果的反映。回想三年前，我和韩然、武祥永、余源三位老师开始议论着要做这套书的时候，心里虽然期待但却是不安的，因为要完整反映学院改革新思路的著作，需要时间的沉淀。丛书后来得到靳院长的支持，并将他的著作加入。随着时间的推移，丛书一步步成型，现在终于要出版她的第一批，我的喜悦心情是难以形容的。

于是写下以上的文字，权当序吧！

2007年12月16日于清华园

文 ｜ 陈育强

"素描"作为一种艺术本质上的回归

　　人的身体活动有多复杂，素描就有多复杂；人的身体活动有多简单，素描就有多简单。

　　随着科技的发展，艺术技巧和物料的转变可谓千变万化。人和世界的接触也开始脱离身体和物质的关系。现实一再被虚拟的结果是我们不再相信身体的感应，因为人和世界的交感已被科技世界的暴力简化为一种纯感觉刺激的关系——身体的感应与虚拟刺激已成一种消费模式，人再难从自然世界中获得启示。素描是身体的一种回归，是身体感受力的一种重访，是人表达他对世界感知的最简单的一种方式，是为一切艺术想法揭示自己本质的最直接通道。早在懂得书写之前，人类就已懂得用最简单的材料(动物的血、植物染料)、动作(手的活动)留下思想欲望的痕迹——这比我们今天所看到的一切艺术形式都来得早、来得根本，在可见的未来也看不到这种身体活动和思想的根本关系可以被取代。

　　以往素描被认为是一切艺术之基础，主要是因为它能够提供一种方便的，单色、光影与物象结构的分析的训练。它成为绘画、雕塑的预备造型而未被给予一种"正规"艺术的位置。然而在媒介开放的今天，混合媒介、装置日趋普遍，反而启发了人们从不同角度去审视素描的价值。

　　"素描"一词源于英文"Drawing"，本是描述描绘的动作，由于所需的工具成本低，事实上也适合作为正式作品的草稿，但从未被狭义地界定为一种单色、具对象分析性的纸上作品。时至今日，"素描"的范围已被大大扩展，无论在活动、素材及概念上都回归到一种即兴、新鲜和基本的艺术活动。它泛指一切纸上作品，也可扩展到其他的媒体，如布上、墙上、皮肤上的描绘活动。这些活动的特色是"直接性"、"基本性"，甚至带有一点点实验的性质。一件"素描"的作品或许不怎么完美。它可能是我们在开会时、闲聊时、喝咖啡时的涂鸦之作，但也能摆脱思维上、技术上的束缚而直接流露"素描"的情态、缪思来访时的环境气氛，也善于在没有特殊预备下捕捉刹那灵感……

当素描回到最原始的灵感与身体的躁动关系时，我们或许无可避免地置于一种无所依托、无所适从的状态。这时所出现的挑战是我们如何表达直觉，如何培养一种个人技术与方法。从具体的方法上看，我们如何从其他的活动(例如声音、动作)中取得灵感？如何把这一切再还原为视觉形式？如何从日常生活中学习？如何用视觉方式理解和翻译非视觉感受？如何把这一切再还原为视觉形式？最后，这些形式的核心是否是某种观念或意念的投射？

本书的内容部分是针对上述问题的探索成果，它的编订也许和传统的素描教学有很大分别。因为"素描"不再是其他艺术门类的前奏，在当代艺术中，它已成就了自己的独特方法和观念。

和李可贤老师的相识，是我为汕头大学规划素描课程时的一种机缘。汕大的艺术与设计学院，在靳埭强院长的带领下，把学院设定为一个艺术及设计的实验基地，一方面和现实世界接轨，另一方面，在教学上也保持最大的开放性。在这种情况下，李可贤老师是首位投入实验性"素描"教学的同事。她在所设订的大纲内，从国内的实际情况出发，进行了大量的思考与改进，使课程更容易被学生接受。在近四年的实践中，不难想象，"素描"的概念在新旧教学文化中产生了若干疑惑与反应。但是，正如汕大的基调是不预设任何既成观念而进行艺术与设计的基础训练，其中的开放性与传统思维间所产生的火花，正是新一代教育工作者的挑战所在。

2007年10月于香港中文大学

目录

概　述

—

素描的定义

也许快速地翻阅本书图片，我们会发现其中部分的素描作业与传统素描训练的作业形式相差甚远。所以在作进一步的阅读之前，首先要明确素描的概念。

"素描"一词源于英文"Drawing"，让我们来看看中文词典中关于"素描"一词的解释：

"单纯用线条描写、不加彩色的画，如铅笔画、炭笔画、某种毛笔画等。素描是一切造型艺术的基础。"（《现代汉语词典》）

"素描是单色的徒手画，素描是用线条或块面进行造型的绘画形式。素描主要是以线条表现物体、人物、风景、象征符号、情感创意或构想的艺术形式。"（《中国大百科全书》）

"素描"正如它字面上呈现出来的意思，为"素色的描绘"、"用单色画画"。在艺术发展的初期，这种对素描主要材料工具特征的描述本无可厚非，但随着艺术日新月异的发展，在艺术表现手段日益多元化的今天，这种定义已经不足以概括国际上"素描"这一画种的丰富面貌。由于以上定义对工具的限定而造成国内素描画面形式风格的单一及探索精神的缺失，已成为有目共睹的事实。艺术教育界人士纷纷对这一问题予以关注，发表观点，溯源探究素描的定义，新的素描概念被提出来。

在英文中，除了"Drawing"之外，与"素描"相对应的词还有"Sketch"，区别于以油、水等混合色彩为主要制作方式的"Painting"。Drawing主要是指文艺复兴时期画家在绘制作品前所作的铅笔草图，Sketch主要指西方学院教学中的素描草图。在中文的运用习惯中，Drawing专指"素描"，Sketch专指"速写"。尽管草图主要是以单色描绘，但这两个词并没有单色的含义。

细读英文词典中关于素描的解释，主要有二层意思：素描是运用特定的材料，表现客观对象（Object）和表达意图（Idea）。这两点正是素描概念的根本所在。如果从素描表现的目的是"表达作者意图"的角度来看，我们发现素描的范围可以很广阔。在当今国外的素描书籍及展览中，色彩、油墨、布料以及复印、剪贴等我们通常认为与素描不沾边的材料及制作手法随处可见。其实，在艺术创作活动迅速拓展、艺术表现媒介界限日益模糊的今日，素描作为艺术灵感的最初探知和捕获的手段，其工具和材料也应是不拘形式的，任何从工具材料上给素描概念定义的做法都是无益的。所以我们尝试重新界定"素描"的概念。"素描"广义上是指:采用任何可于平面上留下痕迹的工具及材料（不仅仅限于单色画及铅笔、炭条),表现客观对象和表达作者的意图、想法(不仅仅限于对物写生)。

本书的素描作业正体现了以上的观点。印象素描部分尝试离开对实物对象的描摹，而采取默画心中意象的训练方式;实验素描部分则加强对各种工具材料的尝试。当然在研究性素描阶段，还是建议采用简单的素描工具，集中精力于造型的剖析研究及再现能力的训练。

二

学习素描的目的

造型能力对于艺术家和设计师来说，就像空气对人一样重要。素描作为直接构成艺术家造型思维方式及造型基本素质和能力的基础训练，在艺术及设计教育中具有难以估量的作用。

我们知道通过素描这种简单而直接的方式，初学者可以获得对自然形态的明确而强烈的体验，并协调观察与表现(手与眼)的一致性，从而形成对造型要素的初步认识。这是对素描功能最基本和浅显的理解，但素描的意义远不止于此。

素描成为艺术家的造型思维方式。素描表现为运用绘画媒介在纸面上的操作，其本质是视觉思维活动的外在表现。

德加说:"素描画的不是形体，而是对形体的观察。"素描与观察密不可分，素描活动始于观察，素描作品是画家深度观察的结晶。贾科梅蒂曾说"绘画是一种看的方式"，这句话亦可换成"素描是一种看的方式"，有怎样的观察方式就有怎样的素描。素描形成及体现艺术家对事物的观察方法，即看待事物的方式。素描的过程是个人对视觉信息最直接的反应和处理的过程，在这个过程中艺术家思维方式在画面上得以视觉演化，思维结构得到不断建构。

素描的学习不单纯是技巧的训练，每个学画者在面对自然形态时，都会面临如何观察、如何提炼、如何表达的问题。所以素描教学传授的不仅仅是描绘的技能，重要的是观察方法与思维方法，"在特定的观察方式的传授和培养过程中以特定的对待自然的态度、特定的造型思维方式影响着学生"。

素描形成了造型的基本素质和能力。素描过程"涉及观察、洞悉、想象乃至个人审美反应的整个造型过程的认识"。"当这种源于自然的认识渐渐凝聚为各种能量，便使主体生成新的感受机制，从而迈入新的感受进程，潜移默化地开拓主体的内在素质与创造潜能，为美术及设计的艺术创造奠定牢固的基础。"

在艺术及设计教育中，通过素描的系统训练，目的在于培养以下五种基本能力：1.视觉的敏锐反应能力（眼）。2.对视觉信息的有效表达能力（手）。3.对事物特征的深刻把握（即分析、理解、判断）的思维能力（脑）。4.想象力及创造力（心）。5.对生活的敏锐洞察力及捕捉创意闪念的能力。为日后从事创作活动打下基础。

尤其是第四及第五种能力的训练，是当今素描教学的重点。针对传统素描教学中一味地追求客观再现的真实效果，而忽视对物象进行联想及创造的训练，各个高校都在探索新的素描教学方法，将想象力及创造力的训练摆到首要的位置。

三

当代素描教学的改革

当今艺术设计教育的改革，首当其冲的是素描教学的改革。在注重表现及创意的今天，传统素描教学只停留于对物象作客观记录与描绘的训练方式，已明显不能适应当今艺术教育的新趋势，素描教学必须改革的呼声日渐高涨。国内美术高等院校联合举办了一系列的素描教学改革的研讨活动，对素描教学进行一系列的改革与实验。

最初的改革举措是瑞士巴塞尔设计学校的素描训练课程(结构素描)以"设计素描"的标题被介绍给国内设计界，成为设计专业的基础训练。在相当长的一段时间里，设计素描仅限于结构素描，素描的改革仅限于增加结构素描的教学。

接着素描教学开始强调表现性及创造性，艺术教育界的专家及学者纷纷著书立说，阐述自己的观点。王华祥的《将错就错》一书就传统素描教学中的教条现象提出针锋相对的观点，具有振聋发聩的影响；王中义、许江的《从素描走向设计》对素描改革提出较为完备的理论及体系。

国外新的素描教学方法也被引进过来，如贝蒂·爱德华的《像艺术家一样思考》中的负形素描，尼库莱德斯的《素描进阶教程》中的轮廓素描及雕塑素描。

关于素描的改革，主要有两方面的内容：

1) 肯定与保留传统素描教学的写实性训练的同时，指出其不足——过分强调再现性的描绘而束缚了想象力及创造力的发挥，加强素描表现性的训练，加大想象力及创造力的训练内容比例。但有些形式变成图形的创意训练。

2) 指出美术专业与设计专业的素描基础训练应该有所差别，培养目标不同，训练的侧重点应有所不同。当今科技迅猛发展，获取图像的渠道很多，使得过分追求再现性描绘的意义不大；设计行为本身对新形态创造的需要要求设计者具备形态上的联想及创造能力，所以想象力及创造力的训练是设计素描的训练重点。

设计素描的丛书如雨后春笋，内容不仅仅是结构素描，还有抽象素描（抽象化）、意象素描、联想素描、创意素描、装饰素描（图案化）、材质媒介素描。可谓是名目众多，但都从不同角度对设计素描的教学作出有益的探索。

国内高校纷纷改革试验，积极探索素描课程的新的教学模式。素描教学的结果有了很大的变化，不再是千人一面，而呈现出越来越丰富多元的表现观念及表达方式。

四

教学大纲

汕头大学长江艺术与设计学院在靳埭强院长的带领下，对课程进行全面的调整与改革，聘请香港几所知名大学的教师为课程撰写大纲，引进新的教学理念及方法。为素描课程撰写大纲的是香港中文大学艺术系的陈育强教授，在教师培训时我就对他提出来的一些新的素描训练方法产生了兴趣，后来学院安排我担任新的素描课程的教学工作，我也有更多的机会向他请教。本书内容的初稿是"素描"新课程在2003级、2004级中进行实验教学的总结，到最后交稿时又增加最新的2006级"素描一"及"素描二"的一些学生作业。在陈育强老师撰写的新教学大纲的基础上，结合学生的实际情况以及教学过程中的反馈意见，我对课题内容的设置进行了适当调整与增减：增加研究性素描的"结构素描"及"具象素描"训练，表现性素描部分增加了我自行设计的"表现性写生"、"气氛的营造"两个课题训练。陈老师的素描大纲原先分为素描（一）（表现性素描）和素描（二）（实验素描）两部分，而我在总结教学时尝试将内容分为"研究性素描"、"表现性素描"、"印象素描"与"实验素描"四部分。简单介绍如下：

■　研究性素描

内容主要包括结构表现素描和质感表现素描（逼真素描）两个课题，分别就客观物象的内在结构及表面肌理质感进行观察、研究与表现。

■　表现性素描

内容包括："线条的表现"、"光影的表现"、"简化色调"、"表现性写生"、"气氛的营造"、"物料的加减"、"主客的重构"、"图像的运用"八个课题。以主观感受与个性的表达为表现目的，训练独特的感受能力与表现能力。其中"表现性写生"、"气氛的营造"、"主客的重构"几个新课题充分调动学生的表现积极性及创造性。尤其是主客的重构的课题训练，通过将视觉注意力由实体转换到虚空间，由主体转换到背景，改变观察及描绘的惯性和定势，获得新颖的画面效果，成为本书的亮点。

■　印象素描

陈育强老师的素描大纲最具特色且引起我兴趣的是"素描与绘画"、"素描与摄影"、"素描与文学"、"素描与音乐"、"素描与录像"五部分内容，将其他艺术载体作为素描创作的题材来源，极大地丰富了素描的题材内容，拓展了素描的表现领域。区别于传统的对物写生的训练方式，我想：是否可以给这种训练方式一种好理解的名称呢？郑利美的《艺术设计学科中的素描探索》一文中"印象素描"的提法正道出我胸中之言："虽然所有的素描作品都不同程度地包含着主观意识与情感的介入，但区别于写生方式的以生理视觉捕捉的信息为主的写实性素描，将在主观意识、情感介入的前提下，以心理视觉所捕捉的信息为主的素描称为意象素描或印象素描。"这可谓是区别于对物写生的"肉眼"观察之外的"心眼"观察，或者说是除了直接的看（写生）之外的间接性的看(创作)。

正如陈育强老师在序言里所说，该课题设计的初衷是探讨"如何从其他的活动(例如声音、动作)中取得灵感"，"如何用视觉方式理解和翻译非视觉感受"，所以该课题有较大的实验性及难度。毕竟不同的艺术形式有自己的特点及优越性，自有其不可取代的一面，在两种艺术形式间做翻译是很个人化的事情。因为每个人对同一事物会有不同的理解和感受，所以其结果会是千差万别，没有标准答案。比如以绘画形式表现音乐《黄河大合唱》，或者表现李清照的词《声声慢》，一百个人有一百种画面，所以没有必要在不同艺术形式间进行生硬和机械的联系，应将其作为启发艺术想象及灵感的方法加以利用。

传统素描对物写生的方式将题材局限于可视的视觉对象，如静物、石膏像、风景、人物等，相对静止、稳定，受时空的限制、容易让人陷入对自然表象的无限描摹而忘记想象，限制了想象力的充分发挥。所以印象素描的训练是对传统训练方式的很好补充。另外，这也是对从其他艺术领域及身边事物中捕捉创意闪念的能力训练。"艺术来源于生活"，对生活具有敏锐洞察力，善于从身边的一切事物中吸取灵感，发现可供利用的元素，加以提炼并及时快速记录下来作为设计创作的参考，这是每位艺术家及设计师应具备的基本能力。

■ 实验素描

将当代艺术的创作观念和实验方法引入教学。内容包括："素描与图表"、"素描与剪贴"、"素描与删改"、"素描与规律"、"素描与能量"五个课题。通过对当代艺术的创作观念及手法进行了解及借鉴，对材质媒介进行创造性尝试及综合运用，拓宽素描创作语言的空间。

本次素描改革课程，在传统素描教学的再现性、写实性训练的基础上，进一步强调创作的主体性、表现性，并大胆地采取跨学科的研究方式，引进当代艺术的创作观念和实验方法，以一系列富有创意的课题形式强化想象力及创造力的训练，以实验性的探索及尝试，为改革中的高校素描教学提供参考和借鉴。

研究性素描

表现性素描

印象素描

实验素描

研究性素描

研究性素描

研究性素描是指在较充裕的时间里对物象作充分的、深入细致的研究，研究物象形体结构、空间体积、明暗虚实等造型要素，从本质上去理解事物的规律。只有熟悉自然规律，才能创造第二自然。所以研究性素描以写实为主，对物象作理性的分析与具体的描绘，观察慎密，技法严格。

写实性的素描训练在基本功培养阶段的意义是不言而喻的，素描的再现能力决定着今后的一切。再现是手段，表现才是目的。当你具备了扎实的素描再现能力与很高的表现技巧，就能随心所欲地表达自己对世界的真实感受，自如地在一切艺术创作中作有效表达。

■ 课题内容：主要包括结构表现素描和质感表现素描（逼真素描）两个课题，分别对客观物象的内在结构及表面肌理质感进行观察、研究与表现。如果时间充裕，也可分别从线条、明暗、形状、体积、空间、光影和质感方面进行逐一的研究和训练，还可以结合采用尼库莱德斯（Kimon Nicolaides）的轮廓素描、雕塑素描及爱德华兹（Betty Edwards）的负形素描的训练方法。

■ 训练目的：研究和掌握素描造型的基本规律与表现技法，为造型艺术打下扎实的基础。主要在于基础造型能力（包括观察能力、理解能力及表现能力）的训练。

■ 课题意义：为日后从事艺术创作打下坚实的造型基础。只有具备坚实的造型基础，才能进行有生命力的、风格化的创作。本部分的两个课题分别从物象的本质因素（结构）及表象因素（质感）两方面入手，使初学者迅速把握客观物象的视觉表现要领：既拥有透过表象看本质的结构分析的理性眼光，具备对物象结构的准确把握及表现的能力，形象塑造结实而不松散；又拥有对物象表面的质感肌理敏锐的观察力及精细入微的表现能力，形象塑造丰富而不空洞。

课题1 结构素描

- **课题名称**：结构表现练习（4小时）
- **训练目的**：结构分析及表现能力训练。
- **课题内容**：采取重线条弃光影的表现手段，通过线的塑造将所要表现的形态进行比例、透视、结构、空间的处理，构成具三维特征的形体。

  写生题材：静物

  建议工具：铅笔、炭笔
- **课题意义**：结构存在于一切物体中，物体内部结构决定外部的形态特征。通过视图的方式对客观物体内部结构及外部形态作理性的分析研究，培养准确把握自然形态本质结构的观察力及表现力，并从自然中发现及扩展形态创造的来源，为日后的创作及设计奠定基础。

郭广新 学生作品

训练提示：

■　结构素描的作画程序

　　结构素描是运用理性解构或建构的方法达到对体积的几何结构的理解。"描绘一个物体结构的过程在某种程度上与该体积的构筑方式相一致。不管对象如何复杂，就像雕塑一样，首先要确定大的体积几何关系，然后再通过切削（减法）或增加（加法）来塑造具体的三维形体，结果产生两种形体类型：削减形体与堆加形体。削减形体是由一个大的几何体积上挖去若干体块而成，堆加形体则是在一个体积上附加另外的体积组合而成。我们的作画过程也要顺应这一程序。从这一点来说，结构素描是我们理解体积的几何构成方式的一种重要手段。"[1]

■　结构的类型

　　物体的结构类型大体上可分为二种：一种是支架型（或称骨架型）；另一种是体量型（或称积量型）。

　　（1）支架型结构（或称骨架型结构）

　　支架结构是由主干部分和支干部分连接而成。支干通过关节系统与主干连接构成一个整体，一般表现为生长、直立、向上的竖型形态。其外在形状决定于支干的关系组织及运动倾向。

　　支架结构是支撑形体体量的骨架，它除了可以是自然生长的植物、动物及人体之外，也可以是人为建造的，如框架结构的楼房建筑。

　　（2）体量型结构（也称积量型结构）

　　体量型结构，就是物体自身体积所呈现出来的结构形式，如一块石头、一个瓶子等。它们通常是静止的、稳定的，具有块状或饱满的性质，在外部形式上表现为横向、平行的形状。

　　我们可以借助轴线、剖析线、切线来确定及肢解体量结构，并找出表面和内部不同的几何形状，在把握整体关系的基

1> 引自《设计与视知觉》第58页,顾大庆,
中国建筑工业出版社.

础上，明确各部分组织的几何构造及其特征，通过物象构造的起伏变化关系来实现形体积量的表现。

■ 结构素描的特点

（1）以线造型

结构素描区别于一般素描的显著特点是以线造型的表现方式。通过线条的塑造将所要表现的形态进行比例、透视、结构与空间的处理，在二维平面上建立起具有三维特征的形体。对各种线条的灵活运用是其重要的表现手段。

（2）注重结构

注重结构的观察与表现方法是结构素描的另一特点。我们对自然界物体的观察难免会受其表面色调影响，然而结构素描在观察时有意排除色调材质等表面因素的干扰，注重对其内在结构的观察与表现。透过外表看本质，物体内部的构成与空间关系是结构素描研究、观察与表现的重点。

（3）透视效果

物体仿佛透明，可见与不可见的结构线都在画面上显示出来，是结构素描又一特点。结构素描就是必须运用一双透视的眼睛，透过外表去发现和表现隐含在外表之下的内在关系。除了对可见部分的描绘之外，对不可见部分应运用理性分析与整体有机联系的方法，予以推断并绘出。这个过程训练的就是一种用整体联系而非表面局部的眼光看待事物的观察方法。

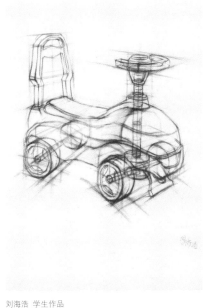

刘海浩 学生作品

■ 结构线

结构素描是运用线条来表现物象，线条是结构素描的主要造型语言和表现手段。所以结构线的灵活运用对形体及空间的塑造具有关键的作用。结构素描以线造型，能直取物象的结构本质特征，从而能够肯定、明确、清晰地表现出物象的比例和结构关系。结构线除了具有反映形体结构的准确性之外，还具有丰富的表现性。即充分利用线条的粗细、轻重、虚实等丰富变化，对物象的明暗关系、虚实关系予以表现，从而塑造体积感、空间感、量感以及材料表面的不同质感，达到科学准确性与艺术表现性的完美统一。

（1）粗重线与细轻线

粗重线适合表现形态的整体感及量感，用于表现物体的外轮廓及具重量感的物体底部，表现距离视点较近及转折结构肯定、明确的物体。细轻线适合表现物体的内部结构，表现距离视点较远且转折结构不太肯定、明确的物体。

（2）实线与虚线

实线适合表现精密的结构及局部丰富的细节。虚线适合表现不规则及起伏和缓的表面，或具有流动感的形态。

（3）单一的线及重复的线

单一的线可以使结构更加精确及肯定。重复的线可加强形态的厚重感及体现一种有别于机械制图的手绘的生动性。

林福 学生作品

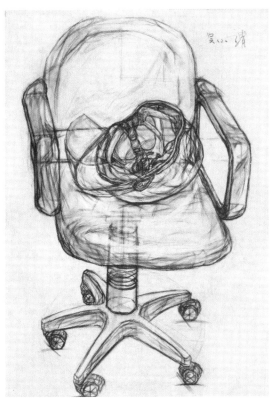

吴小靖 学生作品

李毓典 学生作品

陈美玲 学生作品

：研究性素描：

甘小英 学生作品

马学鑫 学生作品

郑潇 学生作品

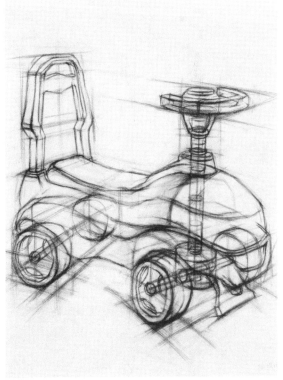

刘海浩 学生作品

廖汉误 学生作品

朱红如

06.9.20

课题2　质感素描

■　课题名称：质感表现练习

■　训练目的：质感观察及表现能力训练。通过本课题充分认识各种材质的物理特性和审美价值；从对自然物象表面肌理质感的观察与描绘中发现形式美感的要素及规律，掌握必要的设计造型语汇和写实表现能力。

■　课题内容：选取自然界中具丰富肌理表面的材质，通过渐进式拉近与实物的距离，发现常态下未被我们发现的视觉形象的细节，对物象的质感肌理作显微镜式的表现。这是一种超越常规的近距离观察与精细刻画相结合的质感研究方式。

可进行以下连续的素描练习：

选取二至三种的物体肌理表面作为研究对象。

(1) 对实物的形状质感作基本描绘，描绘尺度上可将实物作适当的放大；

(2) 将视线聚焦于不同材质相聚交接之处，视距进一步拉近，实物被进一步放大。画面中实物局部的外形轮廓仍然可见。练习者对表面的纹理有更强烈的感受；

(3) 在同一实物交会点，再次拉近视距，实物被数倍地放大。实物局部的丰富纹理充斥整个画面。练习者完全被对象表面的纹理所吸引，纹理的描绘开始超出肉眼所能够观察到的范围。

建议工具：铅笔

■　课题意义：通过渐进式拉近与实物的距离，引导描绘者忘却身边的一切，逐渐进入到物象肌理质感丰富、神奇的微观世界。改变熟视无睹、麻木不仁的观察方式，通过超越常规的近距离观察，换一种方式看世界，从中获得另一番新鲜的感受和体会。通过本课题研究材质，表现质感，培养对质感敏锐的观察力及表现能力。

训练提示：

质感通常理被理解为一种通过实际触摸或"视觉触摸"而获得的对材料的感觉经验。本课题质感表现素描没采取传统的明暗写实素描的表现方法，而采取视觉触摸式的素描方式，关注的不是浮光掠影的明暗，而是实在的形体、结构、质感与量感。首先对物象作整体的观察，有了总体的了解和把握后，再由局部着手开始描绘：手中的铅笔与视线保持一致，跟随视线在空间中沿着物象的外部轮廓而移动，让视线在形状的边缘上穷追不舍，如同在起伏转折的形体上触摸的手，软硬虚实尽如手感。手中的铅笔也逐一对每一个局部反复描绘、塑造，直到描绘的对象有了凸现在纸面上的真实的感觉。在这个过程中主导作画的是触觉而非视觉。

■ 视觉触摸式的素描重视直觉与感性体验，表现上运用以线带调、形色不分、由局部向整体扩展的方式描绘。

（1）以线带调、形色不分

"以线带调、形色不分"是指描绘时明暗或调子是附着在形体上的，随着形体的起伏变化而变化，色调与轮廓不分离，形与色有机地结合在一起。线条不论表现内部轮廓或者外部轮廓，都是精确而且敏感的，对形态和空间进行准确的分析，并与色调有机结合，有效表现形态的表面起伏、结构转折、体积感、空间感、量感与质感。

这种表现方式可以同时协调比例、透视、构造及空间的关系，排除繁杂的外界因素对物象的视觉干扰；有效塑造形体的体积及纳入色调，以方便对物象表面肌理质感作深入观察和精细刻画。

（2）由局部向整体扩展

由局部向整体扩展的表现方式，也是视觉触摸式素描表现的一个重要特点。视觉触摸式的素描主要集中在最突出、最典型的形态特征之上。可以从最有把握、最感兴趣的某一局部开始，采用聚焦的观察与表现方式，以线带调地塑造形体，同时表现形态、结构、肌理、质地和组织特征等，一步

到位，一遍完成，由一个局部到另一个局部作逐渐推移和扩展表现。事实证明这种表现方式是非常有效的。它可以在较短的时间内，对形体的视觉特征作紧凑有序的推移表现，并对物体的表面结构形态、肌理和凹凸等细节进行精密的刻画。

也许学生会有疑虑，这样不是陷于局部的观察与表现中而使画面变得不整体了吗？这不是以往一再反对与纠正的吗？其实这是两种不同的表现方式。那种局部是指初学者未经过专业训练时对物象的观察容易陷于局部琐碎的细节而缺乏整体的概念与宏观的把握。虽然视觉触摸式的素描表现方式是局部地逐一完成与拓展，但观察却非局部的观察，而是整体的观察方式。因为只有整体观察与比照之后，才能决定手中描绘的局部的轻重虚实的分量。这需要始终持有整体的概念与宏观的把握，由局部到整体作全方位的观照。

这样的一种描绘方式与以往先起稿后往图形中填色调的描绘方式有很大的不同，也许学生会担心形不准而犹疑不定，不敢往下表现。应该让他们明白本课题重在对物象表面材质的感性体验与描绘，对形的要求不需要非常严格（形准在结构素描阶段已经得到严格要求与训练）。可以大致地起一下草稿，把握住形的大的比例分割关系，然后就选取最有把握或兴趣的一点开始，一步到位地进行描绘，逐渐扩展。应该相信直觉，跟随直觉，而直觉往往也是最准确的。这个过程实质上是由理性的右脑模式转换到感性的左脑模式的过程。许多学生画出了他们意想不到的、既准确又丰富生动的精彩画面，同时也深深体会到从物象丰富神奇的微观世界中不断发现的乐趣。

■　在视觉表现的形式因素中，质感肌理是与形状、体积、空间、光影和色彩等因素相比较而存在的可感因素，自身亦成为一种视觉形态。其中形状、体积、空间属于形式的本质因素，光影、质感、色彩属于形式的表象因素。对质感的研究及表现是极有探索乐趣的课题，在发现的同时也激发想象与创造的灵感。在本课题中通过对自然物象的真实质感的逼真模仿，将其剥离转移，获得独立存在的审美价值。"质感肌理虽然在自然现实中是依附于形体而存在的，然而它是视觉表现中最为直接而有效的形式，使视觉表象产生张力，从而大大增强艺术或设计作品的视觉感染力，具有重要的研究意义。"[2]

2> 摘自《设计素描》，黄作林等著。

刘丝敏 学生作品

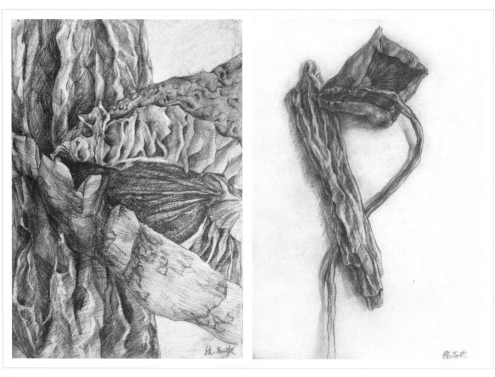

徐志欢 学生作品

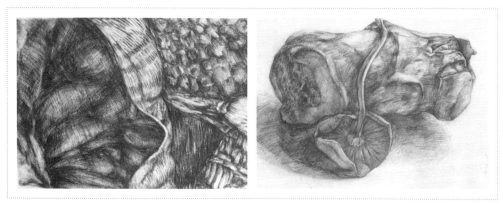

曾玉梅 学生作品

吴可盈 学生作品

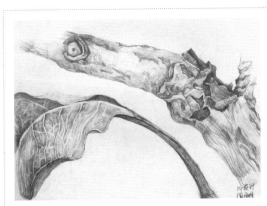

周月明 学生作品

陈建科 学生作品

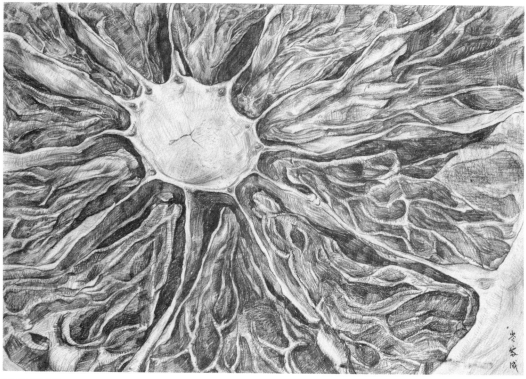

岑家成 学生作品

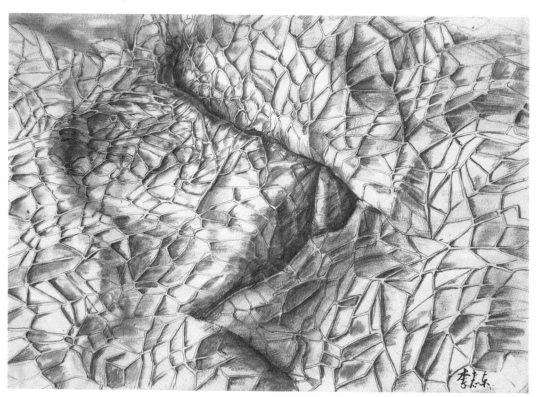

李志东 学生作品

林福 学生作品

马学鑫 学生作品

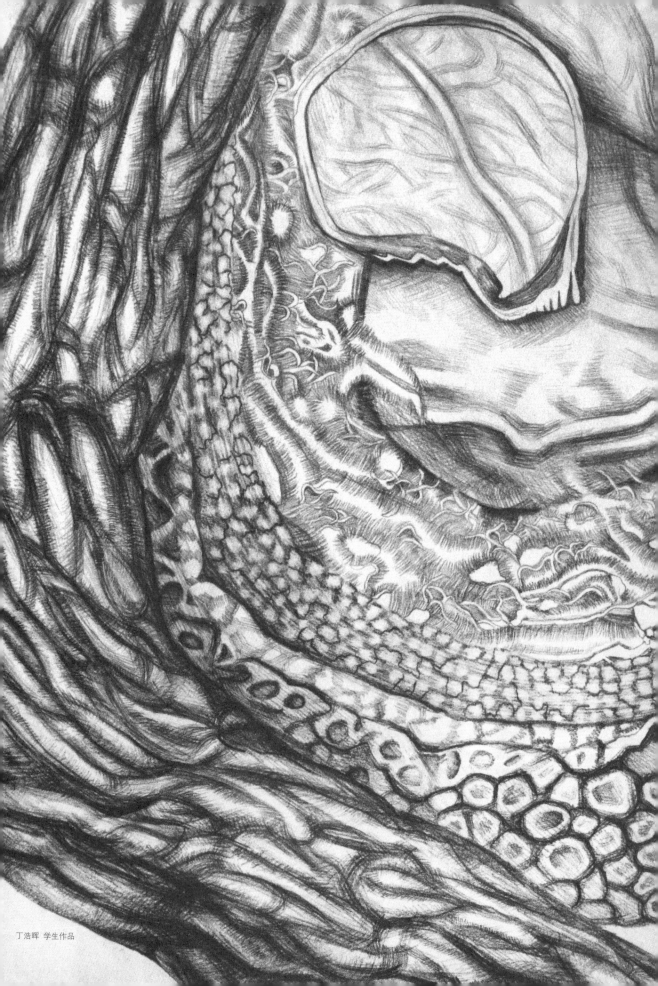

丁浩晖 学生作品

表现性素描

表现性素描

如果说研究性素描主要是研究现实物象的客观特征、必然性和共性的话，那么表现性素描则是侧重于反映作者的主观感受与独特认识，追求偶然性和个性的表达；研究性素描偏重于写实与逼真，表现性素描则有较多的表现和创造的因素，具独立的审美价值。

表现性素描在研究性素描的基础上，注入尽可能多的创造因素。不是简单地模拟和复制客观对象，而是用心灵去体验和感受对象外在特征与内在心理，抓住对象的神韵予以强化表现。应该是有感而发，并学会有所选择、有所取舍地进行表现，创造个性化的视觉形象。

表现性素描在自由抒发的同时，也不能忽视了对客观对象的理性塑造。在形体塑造和质感描绘方面，建议偏重客观现实，不要提前关闭感受之门——眼睛，使它无视真实的存在。在表现性素描进行过程中，被动描摹与主动表现是缺一不可的。

如实再现物象早已不是绘画的最终目的。一百多年前，摄影的出现对以准确描摹对象为己任的西方绘画构成巨大冲击，摄影导致了写实绘画的解构和现代绘画流派的崛起。而当今数码科技的发展，图像的获得更加方便快捷，所以人们对绘画的期望，不仅仅是写实所带来的愉悦和美感，而更多的是绘画者对事物的独特视角与感受，以及独创的、个性化的表现。

■ 课题内容：主要有"线条的表现"、"光影的表现"、"简化色调"、"表现性写生"、"气氛的营造"、"物料的加减"、"主客的重构"、"图像的运用"八个课题的内容。

■ 训练目的：以主观感受与个性的表达为表现目的，训练独特的感受能力与表现能力。

■ 课题意义：研究性素描阶段探究物象本质的写实训练，是为了表现性素描及创作素描阶段能更自如地表达自己的艺术感受及想象。如实再现物象并非绘画的最终目的，绘画应该体现作者对客观世界的个人感悟与主观想法。事实上在观察同一对象时，每个人观看的方式及感兴趣的点是不同的。应该鼓励学生以多元发散的观察与思维方式，从真实的感受出发，敢于表达自己的主观感受及想法。只有拥有了独立的思想，有了表达的主动性，才有可能形成个人独特的语言风格。也只有持有独特的感受能力与表现能力，才会有真正的创造力。

课题1 线条的表现

■ 课题名称：线条的表现

■ 训练目的：训练运用表现力丰富的线条塑造形体和画面空间的能力。

■ 课题内容：以单纯的线条作为素描的表现手段，让线条作为独立的表现
的视觉元素，在描写的功能与线条的表现之间取得平衡，完
成一个单纯而丰富、变化细致的画面。以写生形式，试用不
同的工具，以单线描写，表现写生对象的造型，以及外形的
轮廓。注重线条本身的素质，反映画者对写生对象的感受，
例如：轻重、快慢、强弱，连贯与停顿等。

写生题材：静物、人物

建议工具：铅笔、炭笔、炭精棒、美工笔、毛笔等

■ 课题意义：作为艺术语言，线条与绘画是同时产生的。在整个绘画史上，
线条是艺术家使用的最重要的视觉语言，拥有最旺盛的生命
力与最丰富的表现力。在素描艺术的领域，历代艺术大师为
我们留下大量风格各异的运用线条的杰作，至今令人赞叹。
所以，作为未来的视觉艺术家，我们对这一强大的表现工具，
有必要熟谙及掌握。轮廓形状的立体表达，始终是以线造型
的表现方法的一个难点。本课题正是针对该难点而设计，训
练运用表现力丰富的线条塑造形体和画面空间的能力。

训练提示：

　　线条是造型艺术与视觉形式中最基本的语言要素。自然界中并不存在纯粹的线条，它是艺术家对自然物质存在的一种艺术概括形式。"线条可以用来客观地记录观察到的事物，描述空间的形状，或主观地表明、引出或暗示大量不同的经验、概念和直觉。线条是观者观看艺术作品时眼睛移动的视觉路径。"[3] 线条作为视觉语言，肯定、果断和明确是其首要的特点，它一出现就划出了界限，分出了区域，产生了形，是最直接而朴素的表现形式。线条可以表现方向，描绘轮廓，显示和分割空间以及捕捉动态。同时线条以其丰富微妙的变化而具有强大的表现力，通过运笔的轻重徐疾和提按涩畅，使线条产生浓淡、粗细、刚柔等微妙的变化，可以塑造体积、空间、量感及质感。

　　以线条表现、显示空间是一个非常有趣的课题。通过笔端的力量控制使画出的线条产生粗细和轻重的变化，可以让一根线条在画面空间中处于或前或后的位置。运用线条可以灵活控制画面空间关系的变化。

3> 摘自《素描指南》第69页，丹尼尔·M·曼德尔洛维兹等著。

维克托·安布鲁斯作品

■ 塑造体积的轮廓线

轮廓线是表现形体最实在、最主要的线，它是整个画面主体与背景的交界线。因此，我们要尽可能准确地描绘它，通过对它的描绘来表达出对象的空间属性。

从文艺复兴时期达·芬奇、米开朗基罗、丢勒、荷尔拜因的素描看线条的运用：下笔用线力求准确到位，无需重复，而且下笔就是局部塑造，就是直接对形体和结构的生命特征的描述。这种一步到位的描绘手法具有相当大的难度，需要对形体解剖结构熟稔于心，以及在塑造局部的同时不失对整体全方位的观照。

东西方都没有将轮廓线简单地理解为边缘线。在西方绘画中，轮廓线是物体的侧面，因而轮廓的变化中包含着物体侧面的所有转折关系；而中国画中的线条则是对物象的形体结构空间层次及质感的高度概括。

米开朗基罗作品

唐寅作品

线条是画家描绘物体时用来表现轮廓、塑造形体的有力工具，线条的变化与敏感度，是塑造形体和画面空间的重要因素。因为形体的许多微妙变化不能通过单一的线条来体现，所以往往需要通过丰富单一的外形轮廓线进行造型，通过结合阴影、增强线条的虚实及宽度差异，来协助描绘观察到的形体的复杂变化。

李可贤作品

米开朗基罗作品

■ 决定轮廓线变化的因素：

(1)光照与明暗

轮廓线的深浅变化与形体表面起伏受光照情况的有机结合，可以有效地暗示光源的位置与物体的受光情况，更好地表现体积感。处于光照中的边缘可用淡而细致的线条来描绘，而处于阴影中的边缘则可用深暗而浓重的线条来描绘。

(2)物体的承重与张力

线条的变化还可以用于表现物体的重量感与表面的张力感。我们可以用更暗或更浓的线条来表现承受重量的部位，如一个物体放置或覆压在另一个物体上面的交界线或支撑点。在人物画中，当人物的内在结构拉紧或挤压皮肤时，我们可用较淡或较细的线条来显示皮肤的伸展与变薄现象，而重或暗的线条则显示出皮肤的松弛与褶皱现象。

(3)轮廓起伏的高低

李可贤作品

一般情况下轮廓起伏隆起的部分处于亮部，而低陷的部分处于暗部。从另一个角度看，物体隆起的部分表面膨胀拉伸，而低陷的部分表面松弛挤压。所以伴随着轮廓起伏的隆起与低陷，轮廓线随之进行逐渐变细淡与逐渐变深浓的转换变化，可以很好地体现物体的立体感。

(4) 轮廓线的速度——轮廓起伏的顺畅与曲折

轮廓起伏的顺畅与曲折，使得描绘轮廓的笔在运行过程有了快慢的速度差别，轮廓线也就有了快慢的速度之分。流畅的快速轮廓线条必然轻与细，凝滞的慢速轮廓线条必然重与深。

李可贤作品

李可贤作品

(5)轮廓线的力度

轮廓线的不同力度可以有效地表现物体表面不同的软硬质感。一般物体外轮廓线相对于内部结构的线条要明确而有力度；表现不同软硬质感的线条可以有明确有力、柔和轻微等不同力度的变化和区别。

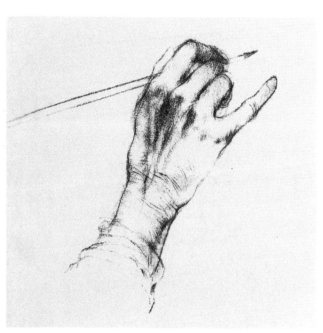

维克托·安布鲁斯作品

李可贤作品

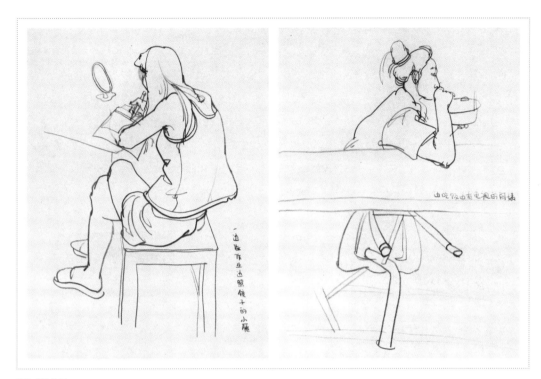

周齐 学生作品

黄新龙 学生作品

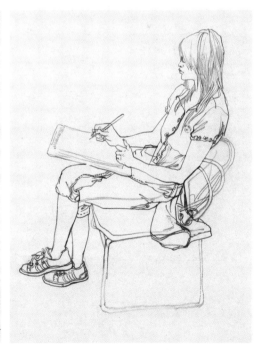

许文娟 学生作品

课题2 光影的表现

■ 课题名称：光影的表现

■ 训练目的：训练对光影色调敏感的观察力及表现力，学习运用丰富的色调表现光影的变化。

■ 课题内容：（1）光影速写

去掉固有色，完全从光影的角度去看待对象及表现对象。即所有物体受光面统一留白，暗部统一用灰，再用黑表现头发和阴影中较深的部位。所有物体的深浅变化只是显示光线的作用。形不需要太明确，注重的是光影效果，影影绰绰，画面具有强烈的光感及气氛。

写生题材：室内景物、人物

（2）写生

先用木炭条在素描纸上涂抹一层均匀的灰色调，然后运用橡皮擦弱（减法）及用木炭条或炭笔描画叠加（加法）的方法，在局部擦出亮部（受光面）与加深暗部（背光面），再在此基础上进一步描绘各局部微妙的明暗变化，得到丰富的色调层次，在画面上营造光影与虚实变化。

写生题材：布纹、人物头像

建议工具：木炭条、炭笔、炭精棒

■ 课题意义：一个物体因为光线而显现自身，因为遮挡了光线而产生阴影。改变一个物体的光影状态将改变物体的视觉外观。通过对光影的写实描绘训练，体会光影投影的基本原理。学习通过光影的设计和描述来传达某种特别的感情，表现某种特别的气氛。

训练提示：

(1)光影速写

光影速写不同于一般速写之处，在于要求学生将注意力集中在光对场景造成的决定性的影响上，外形与轮廓变得无关紧要，光与影的合奏是画面的主旋律。画面基本由深深浅浅的明暗色面组成，甚至可以像修拉的素描，几乎完全隐没了轮廓，物象被简化成为剪影似的、或暗或亮的色面，色域之间的浓淡变化自如地转换，没有任何限制。

李如璀 学生作品

仔细观察及表现室外充足的自然光、室内柔和的自然光线、夜晚富有情调的人工照明，观察及表现室内同一场景在清晨、正午及傍晚，或同一人物在顺光、侧光、逆光的情况下呈现的不同光影状态。

刘锋 学生作品

朱勋 学生作品

（2）写生

在静物的布置上可以考虑打灯光，以利于学生观察与体验阴影是如何随物体表面的凹凸起伏及光源角度的变化而变化。掌握光与影之间的对应关系及规律，为日后的创作表现作准备。

有必要的情况下，可以作如下的演示：围绕被画的静物缓慢地移动光源，让学生细心观察随着光源位置和方向的变化，整个被画场景产生的变化。

用炭笔涂抹的灰底色，有利于学生将注意力集中在画面明暗对比最强烈、最富戏剧性的精彩部分，全神贯注地予以烘染表现，而轻松地将次要、省略的部分淡化、融入在中等程度的灰色背景中。画面既统一又重点突出，避免了画面太"花"的情况。

写生题材方面选择布纹。学生日后对人物的表现更多的不是画裸体，而是画着衣人物，因此在素描课程中安排一次对布纹的研究表现练习显然很有必要，而且在光影表现的单元中研究布纹的结构及明暗形成规律是最合适的。

这种利用炭笔涂抹的灰底色为画面中间层次，运用橡皮擦亮及描画压暗的方法，相当容易出效果。如下图所示。

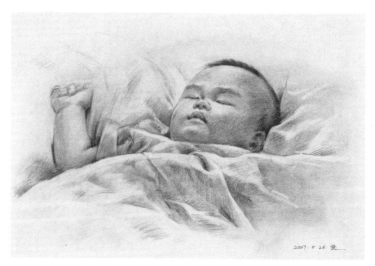

李可贤作品

李可贤作品

也可以选用有色底纸设定画面中间基调，然后运用色粉
笔及炭笔等素描工具处理画面。喜爱采用这种方法的画家有
丢勒、安格尔、德加·劳特累克，这种方法在他们的素描及
色粉画作品中有大量精彩例子。

李可贤作品

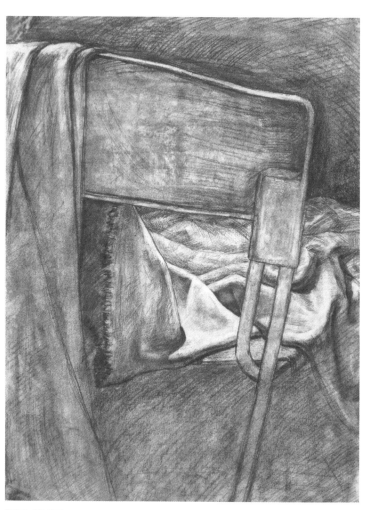

梁尚坚 学生作品

陈智慧 学生作品

程亮 学生作品

黄凯光 学生作品

李健锋 学生作品

许文娟 学生作品

郑琼珊 学生作品

林创兴 学生作品

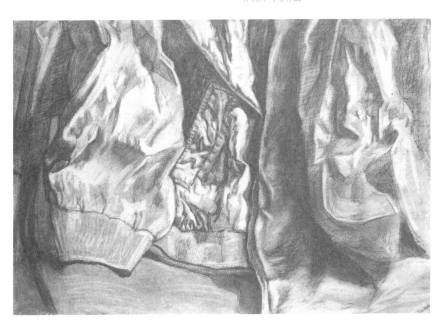

冯国伟 学生作品

课题3 简化色调

- 课题名称：简化色调
- 训练目的：训练对现实世界中物象复杂光影变化的简化概括能力。
- 课题内容：(1)三色调练习

  写生时，留意描绘对象的光影，以简化为宗旨，尝试以线条
  与面块简化明暗的变化。注意线条与面块的连贯与分割，画
  面上达到轻重的平衡，对写生对象进行再现。

  (a)以黑、白、灰三个色调绘画。

  建议工具、材料：铅笔、钢笔、记号笔、墨水、水彩

  (b) 用木炭条作灰色底子，通过提亮亮部、压暗暗部得到三
  色调画面。

  建议工具、材料：木炭条、炭笔、橡皮、墨水、水彩

  (2)二色调练习

  对立体对象作进一步简化，设计黑白的分布，将立体的物象
  平面化。

  建议工具：钢笔、记号笔

  写生题材：静物、人体、人物

- 课题意义：本单元训练是相对于前面"光影的表现"训练的内容而设。
  对光影的表现能力应该包括两个方面：即对物象复杂光影变
  化的无限丰富深入表现能力及简化概括表现能力。这一长一
  短的训练使学生对光影的变化有一个微观和宏观的认识。掌
  握对物象光影变化的简化概括能力，可以方便以后为搜集设
  计创作的素材而对物象作快速观察、记录，以及表达设计构
  想时的快速光影表现。

训练提示：

该训练要求光源单一而且相当强烈，这有助于对描绘对象进行简单的明暗层次分解，必要的时候可借助灯光。

（1）两色调练习

学习对明暗进行快速而整体性的描绘，运用两大区域的概念来考察明暗层次——受光区域与背光区域，仔细观察它们的形状，两者是互相依存、不可分割的。

（2）三色调练习

如果在两色调基础上再增加一个色调的话，可增加一个深色调，即亮调（受光面）、灰调（背光面）、暗调（局部的明暗交界线及投影）。相对于两色调画面，三色调画面的物体呈现出明朗的空间立体感。

（a）以黑、白、灰三个色调绘画。（右图）

李可贤作品

（b）用木炭条作灰色底子，通过提亮亮部、压暗暗部得到三色调画面。（下图）

在一定数量的光影简化色调写生之后，可尝试做色调的默画练习，同样采取两或三色调的表现方法，训练对形体空间起伏的想象能力及光线投影形成的色调想象与表现能力。

2007 7.4 党

李可贤作品

张青霞 学生作品

陈恩玲 学生作品

佚名 学生作品

佚名 学生作品

课题4 气氛的营造

■ 课题名称：气氛的营造

■ 训练目的：尝试运用线条造型及光影调子营造画面的气氛和情调，着重训练通过画面表达主观感受及内心情感的能力。

■ 课题内容：探讨素描画面气氛的营造方法。尝试运用线条、造型、光影、调子去营造画面的气氛和情调，如明媚、爽朗、缥缈、宁静、悠远、神秘、孤独等，具强烈的情绪感染力。可采取对物写生或自由创作的训练方式。

写生：题材可选择静物或人物，面对同一写生对象，尝试作两种不同气氛主题的情感表达。

创作：自由选择表现的气氛主题，围绕主题选择表现题材、手法及材料工具，是完全自由的创作。

■ 课题意义：将画面气氛的营造作为单独的课题进行探索，探讨线条造型及画面光影色调与观者情绪的内在联系，不同的光线运用塑造的情调气氛的不同。注重形式与情感之间内在联系。

训练提示：

　　本单元作为表现性素描中的一个重要训练内容，将情感的表现作为探讨主题。采取对物写生或自由创作的训练方式。

■　用一种情绪来贯穿画面，即让画面传达或传递出该种情绪。这主要通过四个方面的因素来塑造：

　　（1）造型：画面造型因素可以有效地配合主题予以表现。面对同一描绘对象可以作不同气氛主题的处理，围绕不同主题的情感表现，造型的构图、形状、笔触自然有相应的差别。

　　1.构图：画面采用横构图或竖构图具有不同的心理效果，横方向的稳定安宁与纵方向的动态肃穆具有不同的情感倾向。画面中所有的图形，包括图与底、正形与负形，都是构图的组成部分，改变其中的任何图形位置都会导致其他图形的变化。同一写生题材不同形式构图可以营造截然不同的画面气氛，这与电影拍摄中镜头的运用同理，可以引导观众的注意力，调动观众的情感与想象，为影片的叙事、表意需要服务。举个例子，面对一组静物，可以有明朗、柔美、孤独等不同气氛主题的处理。如"孤独"，则可以利用构图上缩小描绘主体物的比例，让画面空荡缥缈的背景包围着主体物，从而有力营造出"孤独"的气氛主题。相反放大主体物使之充斥整个画面的构图，则可以营造出压迫窒息的画面气氛，具有强烈的视觉冲击力。另外，主体物位于画面的上方或下方、中间或边缘、左方或右方也具有不同的心理作用。

李可贤作品

如《影视语言》一书中讲到的影视构图的区域分布，把银幕分为六个区域，不同区域具有不同的心理暗示作用。"如下所示：

E	B	F
C	A	D

A区：离观众的心理距离最近，能形成强烈的情绪刺激，同时也是构图中最显著的一块。适合展示激烈严酷的场面。

B区：具有威严、高贵、超脱的心理作用。出现在这个领域的角色一般是一个场合的最具权威者，如上帝、神像、帝王、总统、法官、裁判、主持人、党委书记、厂长、校长、院长等等。

C区：心理作用是温暖、随意。多用于展示聊天、恋爱等活动，或在家庭、咖啡馆、办公室等场合进行的某些不拘形式、无需过分关注的活动。

D区：心理作用也较温暖，但经常给人索然无味、无激情或有阴谋的感觉。如密谋、密谈。

E区：有柔软、神秘的心理作用，像云雾一样。常用于传奇片、鬼怪片中的那些神秘角色入画或出场的位置。

F区：有怪异、退缩的心理作用，像烟雾一样。常用于鬼怪片中的神秘角色入画或出场的位置。"[4]

2.线条笔触：我们知道线条是极富情感表现力的，一根线条可以表达一种情感。不同的线型具有不同的情感特征：水平线平静安宁；垂直线庄严理性；曲线或温柔抒情，或豪放不羁，或激情狂乱，或犹疑不定，变化万千，具有丰富的表情。利用线条间不同的排列与方向动势，可以营造轻松或紧张的画面氛围。

线条显示画家的内在气质特征，记录了画家作画时的情感。画家作画用笔的轻重徐疾无不受到情感的支配，不加修饰、自然流露的线条仿佛是画家内心情感的独白。在这方面具有代表性的画家如梵高和蒙克，他们用充满激情的笔触表

4> 引自《影视语言》第57页，鲁涛著，陕西人民美术出版社。

达人物内心的焦虑与激动不安，笔下的线条不仅仅表示着形体，也是画面动感、情绪的一部分。在确立了气氛主题之后，应积极投入到该情感当中，借助客观题材予以情感的表现与发挥，使画面具有强烈的情绪感染力。

李可贤作品

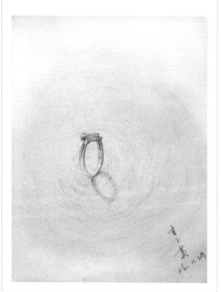

甘小英 学生作品

3.形状：可以配合主题需要，将表现对象的形状作适当的变形、夸张处理。如气氛主题为"柔美"与"爽朗"时形状处理应该有所不同。主体物可以给予不同的背景设计，如一管颜料位于柔软毛巾布上散发的慵懒情调与位于光洁玻璃上具有的利落清爽气息，是通过对背景形状线条的设计达到气氛的营造。左图两个画面是以同一枚戒指为主体物，通过不同的背景设计表达"孤独"与"宁静"的气氛主题。

（2）基调：即画面明暗的基调，是由明、暗的面积比例决定的。画面明亮区域占较大比例的，就是高调；灰暗区域占较大比例的，就是低调。不同影调的画面可以使人产生不同的情绪反应，传达不同的气氛主题。如高调画面给人轻快、开朗、温馨、柔和与愉悦的印象，用以营造轻松闲适的心境，或优美精致的情调，甚至怪异的想象。相反，低调画面给人阴森、恐怖、神秘、压抑、郁闷的印象，用以创造失落感、神秘感、戏剧感、压迫感和沉重感的气氛主题。所以即使采取对物写生的方式，也可以变色变调，根据气氛主题表现的需要给写生对象以主观的改变。

乔凡尼·塞冈提尼作品

王冬梅 学生作品

（3）光影：气氛是客观环境作用于人的感官的结果，现实中光能够直接影响我们的情绪。光影具有传达情绪或调动情绪的作用。对舞台、影视布光艺术规律的研究，对本课题自由创作中通过画面光影设计以烘托营造气氛主题有直接的借鉴作用。

舞台上的用光具有描写人物心理和控制戏剧情绪发展的潜在功能，能引起观众情感的共鸣。同时运用光的可控性和可塑性能够创造多变的假定性空间气氛。而在影视中，光线是一种表现语言，用来塑造各种不同类型、层次及性格的人物形象，刻画人物的内心世界及其微妙的变化，营造人物环境，创造各种各样的特定气氛和特殊情调，用以烘托人物，表现情节。在诸多造型因素中，光线是最根本、最重要的表现手段。

光线的性质、方向、强度对创造影像的情调起着重要的作用：

1.光的性质：可以分为柔光和硬光。

柔光的光源分散，方向性弱，画面布光效果均匀和谐，光效比较柔和自然，适宜表现欢快、自然、明亮的气氛和情绪；硬光光源集中，方向性强，画面的布光不均匀，光效比较强烈，具有一定的视觉冲击力，适宜表现紧张、恐惧、焦虑等气氛。

李可贤作品

林小兰 学生作品

2.光的方向：可以分为前置光、侧光、背光、底光、顶光等。不同角度的用光可以产生不同的情感效果。不同方向照射的光相结合能使画面产生多维纵深、扑朔迷离的效果。

① 前置光：直射被照射物体，效果是消除阴影，使图像显得扁平。

李可贤作品

② 侧光：使被照射物体层次分明、对比突出，反差比较明显，具有一种严峻感。

郑潇 学生作品

③ 逆光：光线来自被照射物体的背后，可造成剪影的效果。明亮的轮廓线将物体从背景中突出出来，使画面具有较强的空间感。

朱红如 学生作品

④ 底光：光线来自物体的下方，会产生一些不正常的阴影，具有恐怖、狰狞的效果,所以常用来表现反面人物或刻画人物的反常心态。

这两张图选自《新编黑白画理》第143、145页，白鑫编著。

⑤顶光：光线来自物体的顶上方。被照射物体水平面亮，垂直面暗，会产生大片的阴影，缺乏中间层次，多用于丑化人物、制造恐怖效果。

古德曼作品

3.光的强度：可以分为强光和弱光。

强光使受光物体明亮清晰，轮廓和细节比较分明，可用来表现欢快、明朗的气氛；弱光使被拍摄物阴暗模糊，轮廓和细节不明显，可用来表现压抑、神秘、悲哀的气氛。

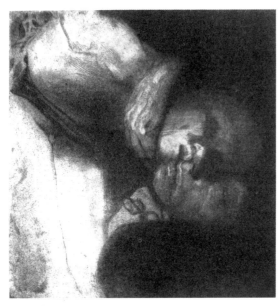

珂勒惠支作品

康勃夫作品

（4）材料：绘画材料的选择也应配合画面气氛的表现。如铅笔适合表现细腻丰富、柔美温馨、轻灵空旷的气氛；炭笔适合表现粗犷豪放、爽朗利落的气氛；木炭条则适合表现氤氲朦胧、神秘变幻、抒情写意的气氛。当然还有其他的各式各样的工具，如钢笔、毛笔、色粉笔、彩色铅笔等。混合媒体的表现方式使得画面效果更加丰富，如木炭条若与炭笔、炭精条、水墨、水彩结合，能产生意想不到的韵味。所以，要熟悉各种工具的性能、表现技法和审美趣味，以便更好烘托气氛主题，使画面具有更强烈的艺术感染力。

李可贤作品

丁浩晖 学生作品

陈聪 学生作品

廖子堃 学生作品

郑薇 学生作品

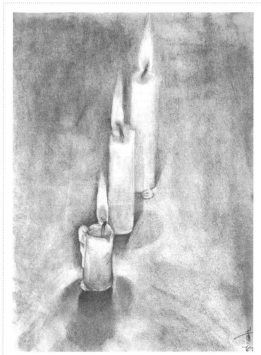

黄新龙 学生作品

吴丽君 学生作品

：表现性素描：

岑宁 学生作品

李美云 学生作品

课题5 表现性写生

■ **课题名称**：表现性写生训练——特色素描

■ **训练目的**：训练面对写生对象时大胆构思、立意、想象，主观处理题材的能力。

■ **课题内容**：面对模特儿进行有所选择、有所侧重的表现性写生训练。介绍十种方法(视角、构图、造型、情调、动势、繁简、细节、精致、奇幻、肌理)，任选其中的一至两种方法作为画面的表现主题，进行表现性写生训练。

写生题材：人物或静物

建议工具：不限

■ **课题意义**：尝试将对物写生与主观表现相结合。改变面对模特写生时写实的思维定势及描绘惯性，提供具体可行的表现思路、方法作为画面选题，避免漫无目的，为表现而表现。学生可以根据自己所处的特殊位置、角度或对象触动自己的某一兴趣点加以发挥表现。既保持写生时面对模特的鲜活感受，观察及表现细节的便利，又发挥主观想象及创造的能动性。面对同一模特，得到的是各具创意及特色的系列画面。

训练提示:

素描画的不是形体而是对形体的观察,观察就是一种发现行为。表现的形式、方法、手段取决于思维,在表现对象时积极地选择是视觉的一种基本特征。视知觉不是对刺激物的被动复制,而是一种积极的理性活动及思维活动。一切知觉都包含着思维,一切推理都包含着直觉,一切观察都包含着创造。

绘画反映作者对客观世界的个人感悟和主观阐述。"真正的画家不是按照事物实际存在的样子来画它们,而是根据它们对这些事物的感觉来画它们。"这是表现主义画家培根的观点。现代表现主义画家突破了写实再现的传统,强调个人情感的抒发与创作冲动的直接表达。作品以其内在思想的传达及情感的诉求作为表达重点,这远比它的画面细节来得有吸引力。

当我们在描绘事物时,不仅作如实的记录,而且有目的、有选择地去表现。我们学习绘画,最终目的是为了能用视觉语言表达自己的思想及感受。艺术心理学家鲁道夫·阿恩海姆说:"感知与思维是截然不同的两种能力……只有视觉的活动才能赋予视觉对象以表现性,也只有具有表现性的对象,才能成为艺术创造的媒介。"

■ 表现性素描写生的十种手法:

(1)视角:避免选择常规的角度,以特殊的视角形成画面的特色。改变常规的观察角度,将选角作为选题单独提出来,指出改变视角可以获得全新的视觉经验感受,带来视觉兴奋点及耳目一新的画面。

肖碧娟 学生作品

(2)构图：将表现对象在画面的位置构图的经营作为寻求画面突破的表现重点，以别具一格的构图形成新颖的画面。根据构图的需要，主体形象不一定位于画面中间的最佳位置，可以在画面的上、下、左、右的边缘或角落，产生强烈的画面张力；甚至移至画面之外（画面只截取其某一局部），反而给人留下无限想象的空间。

梁瑞云 学生作品

(3)造型：指画面强调造型方面的特色。

1.可运用某种特殊的点或线作为造型语汇，对主体形象进行塑造和表现。

2.将表现对象的造型作某种特殊的夸张处理，形成造型上鲜明的特色。

梵高作品

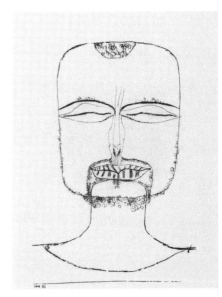

克利作品

（4）情调：运用光影调子营造画面的气氛和情调，如明媚、爽朗、缥缈、神秘、孤独等，具强烈的情绪感染力。

张利文 学生作品

（5）动势：以具有动势的笔触或线条布置画面，形成强烈的动感与态势，营造富有生命力的画面。总的动势线或纵或横或斜，或"S"形或"O"形，隐于形象之中。

梵高作品

（6）繁简：将表现的对象有选择地强调与放弃，形成画面的繁简对比。

埃贡·席勒作品

（7）细节：以突出表现对象的某一细节而形成画面的趣味点。

刘锋 学生作品

(8)精致：以一种精致细腻的描绘手法形成画面风格。

弗洛伊德作品

(9)奇幻：以写生对象为基础，画面内容可超越现有的情形，大胆想象，自由发挥、添加，营造不确定或不可能的空间，使画面呈现出奇异虚幻的感觉氛围。

克拉克森·普索作品

(10)肌理：引入丰富的媒介材料，以特殊的技法手段获
得画面的偶然肌理效果，拓展并丰富素描的造型语汇。

1.利用特殊的纸张或自制特殊的纸上基底。

2.引入其他的媒介材料予以拼贴。

3.以特殊的技法手段获得画面的偶然肌理效果。

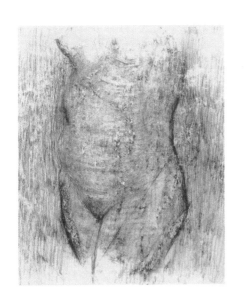

孔千作品

孙鹏作品

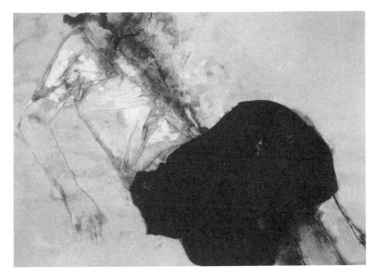

杨培江作品

佚名 学生作品

吴开斌 学生作品

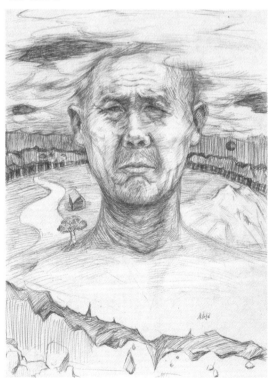

朱成细 学生作品

甘小英 学生作品

郭扬州 学生作品

刘婉凤 学生作品

胡智均 学生作品

陈聪 学生作品

黄凯光 学生作品

李如璀 学生作品

肖碧娟 学生作品

课题6 物料的加减

- 课题名称：物料的加减
- 训练目的：打破传统的面面俱到再现物象的思维定势及描绘的惯性，训练写生表现时对物象大胆取舍，及从自我角度出发，重新选择细节表达主题的能力。
- 课题内容：写生，以加与减的方法，对物象作有所强调与有所放弃的表现。在表现重点的选择上，可以改变惯有的模式，舍弃一般情况下认为应该表现的重点，而选择一般情况下易受忽略的生动细节，予以着重表现。另外，可尝试色粉笔与素描工具结合的方法，即选用有色底纸，局部重点表现部分结合色粉笔予以色彩描绘，具画龙点睛的效果。

  写生题材：衣物、人物头像

  建议工具、材料：木炭、泥胶擦胶、毛巾、纸巾、有色底纸、色粉笔
- 课题意义：打破传统的面面俱到再现物象的思维定势及描绘的惯性，大胆取舍，突出表现重点，凸显表现意图，增强画面的感染力。

训练提示：

艺术从来不是平铺直叙的记录，而是有所触动、有所强调的表达。该课题杜绝素描写生当中没有体现思考与选择的、对物象作记录式客观再现与描绘的传统做法，提倡面对写生对象应该积极思考，发现并捕捉兴趣点，围绕选择的细节予以充分表现，而大胆舍弃次要的部分，从而凸显主题，增强画面的感染力。

■ 正如同雕塑的创作是通过对体量的雕（减法）与塑（加法）来进行，绘画画面的把握也是一种不断的＂加＂与＂减＂交替结合进行的过程。＂加法＂是叠加、加重、强调，＂减法＂可以是不表现，也可以是作不引发注意的概括、简化表现，或表现后又用橡皮予以擦除、削弱。

当然，绘画的过程也是一个不断增与减、调整与修改的变化过程，最后的画面可能与初衷相去甚远。所以在这个课题中，无需预设一个最终的效果，只需要大胆予以强调和放松，体会不断加与减带来的画面生成变化的绘画乐趣。

以下吉姆·戴恩的作品是很好的例子：

吉姆·戴恩作品

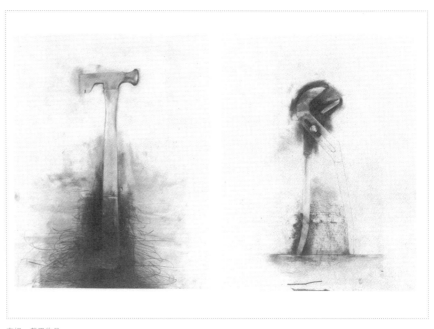

吉姆·戴恩作品

李可贤作品

■　在本课题表现的手段与选材上可以引入色彩，如底纸可选用有色的卡纸，在表现工具上可以尝试将色粉笔与素描工具结合，在局部重点表现部分进行色彩的提亮描绘，具有画龙点睛的效果。这方面的精彩范例有很多，如德加及中国的蔡玉水、王健、方世聪的作品。

通过对有色底纸的选用，在加深与提亮之间使底色自然而然地成为中间色调，从而节省了描绘中最耗时的铺设中间色调的时间，可以在短时间内较快地进入到深入表现与刻画的阶段。这不失为一种省时又见效的描绘方式。

色粉部分的笔法运用显得尤为关键，应该惜墨如金而非随意或到处涂抹，失去引人注目的点睛作用；用笔肯定且有效地塑造物象，运笔的方向结合物象的结构起伏与转折。色彩方面可以简单地以固有色提亮处理，也可以有适当的色相变化，从而得到更为丰富的视觉效果。

李可贤作品

李可贤作品

程亮 学生作品

张学坤 学生作品

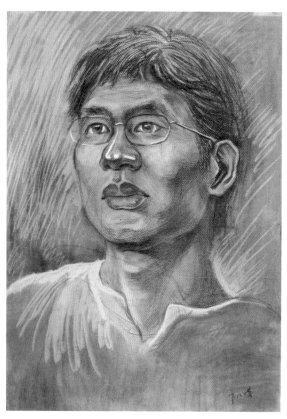

廖汉谋 学生作品

肖闲 学生作品

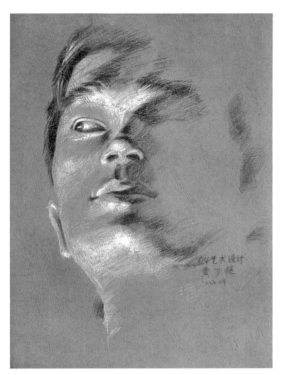

黄少挺 学生作品

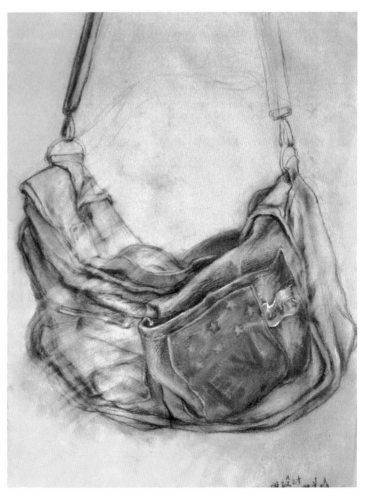

陈美玲 学生作品

课题7 主客的重构

- 课题名称：主客的重构
- 训练目的：训练学生对画面中的"正空间"与"负空间"、"主角"与"背景"的运用。
- 课题内容：写生，完成一个完整的画面。

  (1)学生绘画时要强调认为是"背景"或"负空间"的部分，放轻"主角"或"正空间"的部分。

  (2)学生绘画尝试模糊"正空间"与"负空间"，或"主角"与"背景"，即不去分辨正负或主次。

  建议工具：不限

  写生题材：室内空间的速写及图片

- 课题意义：改变观察及描绘的惯性和定势，将视线由实体转换到虚空间，由主体转换到背景，由主要物体或部位转换到次要物体或部位。找寻新的观察及表现的手法，营造画面新颖的视觉效果。

训练提示：

何为〝背景〞或〝负空间〞的部分？

何为〝主角〞或〝正空间〞的部分？

图与地——自然界不存在形象与背景，图与地的关系。

人在注意事物时视线往往集中于一点而把周围的一切当作环境和背景，画家正是利用视觉的局限性，将注意点突出成图，其他部分则处理成地。所以背景和主体是相对而言的。

本课题即是将通常情况下的易于吸引视觉注意的部分故意忽略与弱化处理，而将通常情况下不易吸引视觉注意的部分有意作突出强化处理。旨在改变观察及描绘的惯性和定势，将视觉注意由实体转换到虚空间，由主体转换到背景，由主要物体或部位转换到次要物体或部位。找寻新的观察及表现的手法，营造画面新颖的视觉效果。

心理学家概括的图地特征：

图——有突出感，有明确的形状，有轮廓线或界定线，密度高，有充实感。

地——有后退感，形状较松散，无固定界线，密度低，无充实感。

■ 视觉思维的特点：视觉具有选择性。

人眼不会像照相机一样将纳入镜头的一切记录下来，而是具有强烈的选择性。人们常说的〝视而不见〞一词，就说明进入视觉范围的东西仍然可〝不见〞、〝没看到〞，这就是视觉的选择性。此时，被感知的对象好像从其他事物中突显出来，成为〝图形〞；而其他事物则退到后面，成为〝背景〞。这种把形体从其背景中突出出来的倾向，是观察与描绘的基本条件。视觉思维的选择过程本身就是图地关系的选择过程。

视觉心理学家指出：视觉中心区域是有限的，视网膜中央凹处是唯一具有敏感分辨力的地方，但它覆盖的面积不过是一小部分，视域的其他地方离视网膜中央越远越不清晰。同时指出，我们随时可以把视线集中于我们感兴趣的任何一点，并且由于眼睛的移动性非常强，我们可以给想要观察的任何事物建立一幅完整而又详细的图像。眼睛在接受整体画面这一信息的同时也建立了视觉中心，只有处于中心的物象能被清晰地看见，其他物象由于处于斜视线而不是直视线的位置上，因此相对来说显得模糊和混乱。被注意和提取的事物则是图，事物被从中提取出来的背景则是底。

人的视觉具有追求新鲜及奇异的倾向。所谓"熟视无睹"，是指视觉对普通及常见的形象不感兴趣，只有面对陌生和奇异的对象时，才会有所注意。所以视觉所感兴趣的并不是那种图形与背景截然分开、互不混淆的正常画面，而是那种图形和背景的关系可以随注意力的转移而相互转换的情形（图地互换图形），及模糊甚至颠倒了主体与背景关系的画面（主客重构画面）。

■ 绘画时如何强调认为是"背景"或"负空间"的部分，
放松"主角"或"正空间"的部分。方法总结如下：
（1）轮廓
通过对物象轮廓进行清晰与模糊处理，达到强调与放松的目的。

肖碧娟 学生作品

（2）形体

通过对物象形体进行实体化与平面化（甚至透明化）处理，达到强调与放松的目的。

冯泳 学生作品

（3）线条、造型

通过对物象线条、造型进行动态处理与静态处理，达到强调与放松的目的。

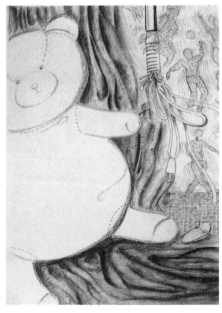

邓结韵 学生作品

（4）色调

通过对物象色调进行丰富与简化（两色调或三色调）处理，达到强调与放松的目的。

刘丝敏 学生作品

（5）细节

通过对物象细节进行细化处理与概括处理（甚至留白），达到强调与放松的目的。

丁浩晖 学生作品

(6)色彩

通过对物象色彩进行浓重(甚至运用色彩)与浅淡处理，达到强调与放松的目的。(右上图)

(7)肌理

通过对物象肌理进行丰富细腻、具触觉感(甚至运用实物拼贴)的强调与概括简化处理，达到强调与放松的目的。

李丽丝 学生作品

梅君 学生作品

(8)透视

通过对物象透视进行违反规律与正常规律处理，达到强调与放松的目的。(右下图)

朱红如 学生作品

总结如下表：

	强调处理	放松处理
轮廓	清晰	模糊
形体	实体化	平面化（甚至透明化）
线条、造型	动态处理	静态处理
色调	丰富色调	简化色调（两色调或三色调）
细节	细化处理	概括处理（甚至留白）
色彩	浓重 （甚至运用色彩）	浅淡
肌理	丰富细腻、具触觉感（甚至运用实物拼贴）	概括简化处理
透视	违反规律	正常规律

■ 表现的题材———一般情况下认为的"主体"和"背景(客体)"

（1）物体与背景：物体(正空间)、物体围合的空间(负空间)。

林晓晴 学生作品

（2）人物和环境：人物、环境。（右图）

（3）立体与平面：三维空间中的立体物体、立体物体表面的图案纹样等。

马蒂斯作品

（4）物体和投影：实体、投影。

谭达徽 学生作品

余庭欣 学生作品

（5）前后物体：前面物体、后面物体。（左图）

（6）大小物体：画面中大的、主要的物体，画面中小的、次要的物体。

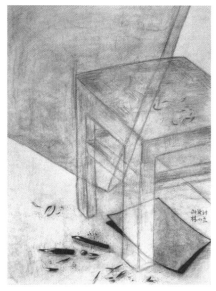

林小兰 学生作品

（7）中央与边缘：画面中央部分、画面边缘部分。

刘锋 学生作品

（8）画内画外："画面外"（环境）现实空间的描绘、"画面中"（内容）虚拟空间的描绘。

吴丹丹 学生作品

（9）实体与映像：镜子玻璃的外框等环境实体，镜子玻璃等光滑表面中的映像。

陈宇宁 学生作品

总结如下表：

	主体	背景/客体
物体与背景	物体（正空间）	围合物体的空间（负空间）
立体与平面	三维空间中的立体物体	立体物体表面的图案纹样等
物体和投影	实体	投影
前后物体	前面物体	后面物体
大小物体	画面中大的、主要的物体	画面中小的、次要的物体
中央与边缘	画面中央部分	画面边缘部分
人物和环境	人物	环境
画内画外	"画面外"（环境）现实空间的描绘	"画面中"（内容）虚拟空间的描绘
实体与映像	镜子玻璃的外框等环境实体	镜子玻璃等光滑表面中的映像

■ "反客为主"的描绘是使用上述强调的方法画背景，用放松的方法画主体。

以上的方法仅供参考，无需受其限制。

学会如何模糊"正空间"与"负空间"，或"主角"与"背景"，即不去分辨正负或主客。对"正空间"与"负空间"，或"主角"与"背景"同等看待，不作有意的夸张或削弱，并试图模糊、干扰，令人分辨不出主体和背景。如果说传统绘画有意通过强调主体、放松背景，在二维平面上制造物体的前后关系，使画面具备纵深感，符合正常的视觉经验，从而产生三维的错觉；那么，模糊主体与背景，主客不分，则是将它们的空间秩序打乱，画面空间不再是稳定的、正常的，而是不稳定甚至矛盾的。对实体造型和空间错觉的抛弃，将绘画活动从空间深处带回到表层，实现图像的平面化与抽象化。反客为主则是通过强调认为是"背景"或"负空间"的部分，放松"主角"或"正空间"的部分，颠倒主体与背景的前后关系，从而使空间产生逆转，违背我们的视觉经验，使画面呈现出陌生感，视觉在分辨、判断、质疑、不确定的追寻中获得新的视觉趣味。

蔡立雄 学生作品

黄明家 学生作品

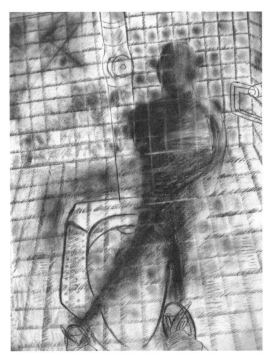

陈聪 学生作品

邓结韵 学生作品

黄少挺 学生作品

刘锋 学生作品

岑宁 学生作品

岑家成 学生作品

陈天欣 学生作品

陈钰坚 学生作品

郭扬州 学生作品

林福 学生作品

黄春艳 学生作品

唐诗婧 学生作品

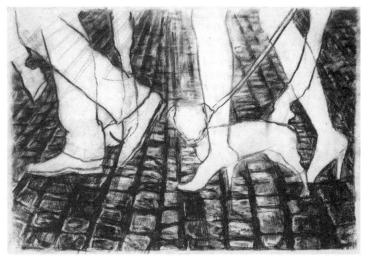

刘丹 学生作品

杨尚志 学生作品

陈钰坚 学生作品

刘海浩 学生作品

课题8 图像的运用

■ 课题名称：图像的运用

■ 训练目的：训练学生对图像的选择及画面布局之能力。

■ 课题内容：通过直接写生或利用摄影的图片，选取感兴趣的图像，以构成、悖理、模糊、叠加、悬浮、怪诞等原则构成完整的画面。学生自行安排图像的大小、疏密变化，成为画中的"主角"与"背景"，构成一个虚拟的空间。题材及工具不限。

■ 课题意义：本单元揭示了现代艺术中时空与方位不确定性(或多义性)的特点。借助二维空间能够表达幻象的可能性，超越三维空间在形象表达上的局限，拓展二维画面表现的广度，具有蒙太奇的视觉效果。

■ 图像运用的主要手法:

(1)"构成"手法

指将图形作为视觉要素,依据平面构成形式美感的规律,如均衡、对比、节奏、比例、聚散、变化与统一等,将图形在画面上进行自由的组织,重新构成创造性的画面。可以帮学生拟定一个主题进行图形的选择、组织与表现,如《我的一天》、《我的精神家园》等,画面具有跨越时空的蒙太奇效果。

李丽丝 学生作品

黄雪英 学生作品

（2）"悖理"手法

　　指将不同性质、不同意义、不同时间、不同空间、不同比例的图形进行有悖常理的组合或连接处理，故意制造违背人的正常视觉经验的效果及营造不合理的空间境界，形成视觉兴趣点。

马格利特作品

詹东鸿 学生作品

（3）"模糊"手法

　　"模糊"指图形之间消隐、融失的转换方法，从而达到不同时空的转换与连接。运用该手法可以大胆发挥想象力，打破视觉现实的限制，在天与地、海洋与陆地、室内与室外、人与景、虚空间与实空间之间进行融失渐变的处理，在图形的神奇组合与转换中创造奇异的时空效果。

杰奎琳·戴尔·丹尼奥作品

爱德华多·纳兰霍作品

(4)"叠加"手法

将影像进行重叠处理，在图像的消隐与浮现、前进与后退之间，营造恍惚迷离、虚幻不定的多维时空效果。

陈聪 学生作品

(5)"悬浮"手法

采用"悬浮"的构图方式，画面物品好像处于"失重"状态，通过改变物品正常的存在方式，打破常规的视觉稳定印象，令画面呈现奇异的空间感觉。

马格利特作品

(6)"置换"手法

通过局部偷梁换柱，进行表面材质或形象的置换，达到出乎意料、亦真亦幻的时空效果。

吴昆霖 学生作品

马格利特作品

(7) "怪诞" 手法

　　在合理的画面中注入不合理因素，通过对物体本身或物体作大胆、富想象力的怪诞处理，产生丰富的暗示及联想，追求出乎意料、神秘诡异的效果。

爱德华多·纳兰霍作品

梦中的女孩 冯泳
2005.11.18

冯泳 学生作品

岑宁 学生作品

陈志坚 学生作品

刘骁 学生作品

肖越 学生作品

何倩愉 学生作品

黎燕芳 学生作品

廖汉谋 学生作品

陈钰坚 学生作品

林海链 学生作品

罗茂芳 学生作品

余庭欣 学生作品

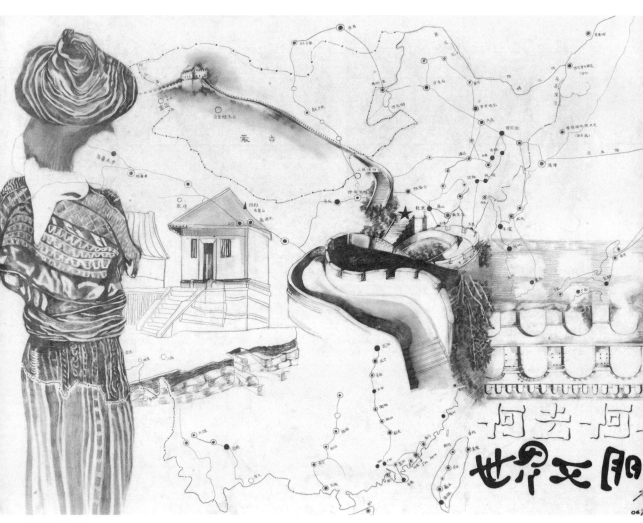

李春梅 学生作品

曹少华 学生作品

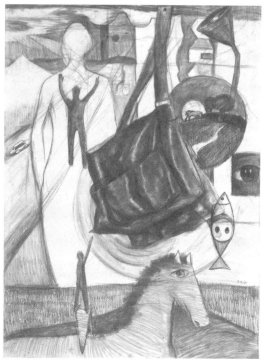

朱成细 学生作品

邓显雄 学生作品

刘聪 学生作品

黄春艳 学生作品

印象素描

课题1 素描与绘画

■ 课题名称：素描与绘画
■ 训练目的：训练对图形的解构和重构能力，通过对名画的重构表达创作观念。
■ 课题内容：通过素描重新体验大师的绘画作品，解构原作，进行再创作。
  (1)在图书馆画册中选取一张1900年以前的西方绘画作为素描的题材。
  (2)从大师的绘画中抽取元素，运用置换、拼接、对比、错位、融合、叠加和削减等方法重构故事及编排画面。
■ 课题意义：将对传统名画进行解构与再创作作为图形训练的课题纳入素描教学，使课题富有挑战性及吸引力。这既是对图形的解构重构能力训练，同时也是表达创作观念的思维训练。

训练提示：

对传统名画进行解构与再创作，史上早有这样的例子。如超现实主义画家达利就曾以美术史上的许多名作及名雕塑为原型创作了一批作品，借传统的题材予以主观发挥，画面体现其超乎常人的想象力。创造力旺盛的毕加索也曾就委拉斯贵兹的《宫女》及马奈的《草地上的晚餐》进行多种方案的重构尝试，展现其在图形变体方面游刃有余的灵活创造力及非凡智慧。而在当今后现代艺术创作中，对传统名画的再利用与再创造的现象更是随处可见，成为常用的创作手法（即对传统绘画形象的"挪用"手法），显示了当代的审美趣味。

达利作品

■ 名画的解构与挪用

从对名画的解构这一现象背后，可窥见其蕴含的世界观及审美观：

(1)背景——对世界的非理性和不确定性认识的形成

存在主义：经过惨烈的二次世界大战，"西方世界普遍笼罩在浓厚的非理性和怀疑的氛围之中，存在主义广为传播。存在主义认为，我以外的世界是偶然的存在，出现既无原因，又无目的，个可解释。世界对人是疏远的、敌对的，人根本不能认识世界，也不能认识自己。人越是依靠理性和科学，就越会受其摆布，从而使自己异化。人只有依靠非理性的直觉，通过烦恼、孤寂、绝望等非理性的心理意识直接体验自己的存在。"[6]

毕加索作品

混沌学：在混沌学出现之前，人们认为牛顿力学、相对论力学和量子力学把握了自然界的规律，世界似乎还是清晰可辨、井然有序的。"但上世纪60、70年代混沌学的出现对人的认知体系产生了巨大的冲击，人们看到了极为复杂且由各种要素、种种联系相互作用构成的网络，其有着极大的不确定性和不可逆性。"科学研究证明，"人无法对天气状况作出精确的预报，三个以上的参数相互作用，就可能出现传统物理学无法解决的、错综复杂、杂乱无章的混沌状态。实际上自然即是有序和无序、规则和不规则的统一，所谓真理显然是有条件的、相对的。混沌学揭示出世界不可知的一面，也促使人们以更为复杂的方式认识和感知这个世界。"[7]

(2)审美观的改变

随着对世界的认识不断深化，人们的审美观也发生了变化。传统美学中有追求纯洁、反对含混，追求和谐统一、反对矛盾折中，追求清楚明晰、反对杂乱无章的审美倾向。而今这一审美观面临新的挑战，如后现代主义的双重译码、含糊折中，使后现代作品呈现游移不定的信息含义；而解构主义鼓励含义的交织与分散性，给作品带来"多义性"及"模糊性"。人们越来越感到简单、明确、纯净的视觉形象失去原有的吸引力，开始认同和欣赏不规整甚至歪扭变形、暧昧不定、自相矛盾、凌乱混杂但富有生气的视觉形象。

(3)名画的解构与挪用

本课题对传统名画的再创作，实际上也即是对名画的解构及其形象的挪用。

传统名画的解构与再创作，是后现代艺术创作中常用的对传统绘画形象的"挪用"手法，显示当代审美趣味。"它打破了时间的线性逻辑，把历史与现实同时建立在一个虚拟空间上，使其陷入自相矛盾的境地。它意在与观者的经验联系起来，重新发挥旧媒介的作用，造成质疑、悬置、衍生、判断、展示矛盾等效果，用偶然性、片段性、游戏化、荒诞化和玩世不恭感，消解历史中的永恒性、同一性、理性化、经典化和乌托邦。"[8]

后现代文化的"历时观"与"共时观"使传统元素的挪用具有极大的自由性。过去、现在、未来及不同地域的各种文化形态交错混杂在一起。对于艺术家而言，引用传统元素是审美趣味的轮回，也是试图找寻新的话语与出路的方式。

通过对经典名画的解构，打破对经典的迷信，冲破规范的束缚。且由于挪用后的再次演绎，使经典的寿命得以延续，获得新的意义与解释，焕发出新的生命力。

6、7> 摘自《开历史玩笑——后现代艺术的解构方法之一》，徐一峰著。

8>摘自《后现代的语境与绘画》，矫苏平著。

■ 名画重构手法

名画重构的手法不限，对造型方面进行重构，有以下方法可供参考：

(1)置换：局部偷梁换柱，进行材质或形象的置换。这种组合可以牵强突兀，令人愕然；可以滑稽幽默，令人发笑；可以奇幻怪诞，耐人寻味。从而达到出乎意料、神秘莫测的效果。

(2)拼接：将不同主题的作品进行拼接组合，或者在同一画作中进行不同表现手法的拼接处理。

(3)对比：将对比的手法融入作品，通过画面元素(如形、色、肌理、主题)的对比(或对立)，营造视觉焦点，形成新的视觉趣味。

(4)错位：画面或形象断裂、错移、崩散，完整唯美的形象变得支离破碎、疏散零落，形、色、比例和方向的处理极度自由。营造出不稳定和令人不安的画面效果。

(5)融合：指在画面图形处理上，将两个不同的图形融合成为新的图形，或画面图形之间消隐、融失的转换方法。

(6)叠加：影像重复或叠加处理，产生丰富的空间层次及对比效果。

(7)削减：画面或形象的处理采用省略、削减的处理方法，有意强调不完整的状态，局部可以残损、缺失，使人出乎意料。

除此之外，还可以借用名画表达不同主题。

根据原画引发的联想，或从不同主题角度看原作，大胆构思，予以重构。典型的例子有达·芬奇的名作《蒙娜丽莎》，自从达利在她脸上加了惊世骇俗的两撇小胡子之后，蒙娜丽莎成为后工业时代最常被挪用的文化符号之一，各种版本随之诞生，正所谓"世间有多少种女人，就有多少个蒙娜丽莎"。

所以，教学时可以采用分组的形式，对同一幅名画进行重构。围绕同一幅名画，从不同的主题角度出发，呈现出不同的重构思路。如流行的、性感的、商业的、娱乐的、世俗的、势利的、滑稽的、无聊的和讽喻的等等。借用名画中为人熟知的形象，进行新主题的演绎，令人一目了然而收到预期的效果。

郭燕珊 学生作品

朱红如 学生作品

梁玉玲 学生作品

赵琴娟 学生作品

胡玉洁 学生作品

郭亚茹 学生作品

李丽丝 学生作品

吕结仪 学生作品

黄捷 学生作品

尹豫姝 学生作品

曹少华 学生作品

陈钰坚 学生作品

冯泳 学生作品

课题 2　素描与摄影

■　课题名称：素描与摄影

■　训练目的：以数码摄影作为素描图像素材搜集的媒介手段，引导学生思
　　　　　　　考素描与摄影的关系。训练综合运用艺术与科学的手段对图
　　　　　　　像的把握及处理能力。

■　课题内容：可以有以下两种训练方式：

　　　　　　　(1) 课前准备一张或一批自行拍摄的照片，题材不限。以照
　　　　　　　片作为素描的对象和参考，完成的画作需透露出题材来自
　　　　　　　照片。

　　　　　　　建议工具、材料：画纸、铅笔、木炭、干粉彩、钢笔、原子
　　　　　　　笔、画笔、毛笔、墨、水彩、广告彩等。

　　　　　　　(2) 综合运用绘画、数码摄影、电脑的手段，制作完成一张
　　　　　　　作品。

　　　　　　　题材可以是关于"自己"的一切东西。如自画像或是拍摄自
　　　　　　　己的单张或一组照片。除此之外还可以准备其他的图片，如
　　　　　　　风景图片、手绘的肌理图片等，然后在电脑中进行图像的合
　　　　　　　成等处理。

　　　　　　　这过程中可以混合利用手绘与电脑制作的手段对图片进行修
　　　　　　　改。如先对图片进行涂改、润饰，后拍摄或扫描入电脑进行
　　　　　　　图像处理；也可以将图片在电脑中处理后打印出来，再在画
　　　　　　　面上进行手绘的修改、润饰；甚至可以将两种手段反复交替
　　　　　　　进行，直到获得满意的画面。

■　课题意义：摄影的纪实与逼真，使得图像受现实的制约与限定，画面缺
　　　　　　　少自由想象的空间。将摄影与绘画相结合，利用照相机获取
　　　　　　　图像方便且快捷，然后对获取的图像运用一切可能的手段（绘
　　　　　　　画或电脑处理），进行后期加工制作，营造引发丰富想象与
　　　　　　　幻觉的画面空间。这是当今绘画创作借鉴摄影的一种途径。

生活在当今数码时代的每个人，都可以感受到来自媒介图像的包围，它们已经构筑起一个虚拟的现实世界。这一生命体验已进入一些当代艺术家的创作中，创作方式也发生了根本的变化：他们基本不作直接性的写生，而是直接挪用流行图像与符号；或者是利用摄影、电脑的交叉手段获取自己需要的艺术形象。一种新的制像方法已经出现。这一现象是艺术家们对身处的时代及社会情境作出的必然反应与选择，其作品是对当下生存环境的反映，具有鲜明的时代特点。

"在某种意义上，21世纪将是一个'后形象时代'，即我们将进入一个后手工技艺的时代，个体的手工艺术创作仍然艰难地生存，大量的凭借机械、电子等工业与高科技手段创作的复制性艺术不断涌现，主要包括摄影、电视、电影、数码成像、电脑绘画、网络影像所形成的复制性影像。它们与艺术的关系主要表现为两个方面，一方面它们以自身的创作与成品进入当代艺术；另一方面，它们作为一种视觉资源和技术手段为当代艺术家所借鉴和挪用，成为绘画、雕塑、录相、装置等艺术样式的图像来源或技术与视觉的结构因素。"[9]

所以要善于利用一切有利因素，运用摄影、摄像及电脑等科技手段为艺术创作服务。运用摄影、摄像手段收集图像素材；利用数码相机方便快捷地获取图像；还可以通过录像获取图像，摄像机可以捕捉到相机拍摄时可能忽略的平凡而不可见的事物。可以拍摄完再细看录像，选取有视觉兴趣的画面，最后运用电脑强大的图片编辑功能作影像的后期处理。

■ 摄影与绘画的历史关系

自19世纪40年代产生了摄影这一媒介，极大地推动了人类对图像的消费及更大的依赖性，打破了绘画在图像世界的主流地位，并直接催生了图像由静态转向动态的特征。电视、电影这由一连串动态图像构成的特殊媒介，其实从图像的角度依然可还原为摄影。

一百多年前，摄影挑战写实绘画，导致写实绘画的解体

9 > 引自《图像的阅读与批评》，殷双喜著。

与现代绘画流派的崛起；而一百多年后，虚拟图像挑战摄影，必然导致纪实摄影的解体与后现代摄影的诞生。

■ 传统绘画创作中运用照片的两种方法：

（1）在绘画创作中以照片素材作为形象或描绘细节的参考。早在摄影发明初期，很多画家就利用照片进行绘画创作。库尔贝于1849年创作了《艺术家的画室》，画中的裸体女就是参考一幅照片画面完成的。德加同时是一位很有才华的摄影师，是首先能够利用摄影去发现新颖视角及构图的画家。在他的芭蕾舞女作品中首创人物画的俯视描绘角度，其实这是来源于摄影图像的启发。德拉克洛瓦、柯罗、塞尚、劳特累克等大师都曾利用照片进行过绘画创作。

（2）将照片材料或加工处理或直接应用于绘画创作。该方法见于立体主义、达达主义、波普艺术的作品中。立体主义画家把照片作为质感、明暗、色彩、肌理的素材拼贴进抽象几何化的画面；达达派艺术家则是直接运用报纸和杂志上的具体的形象及片段，采用打散重组的方式，予以裁剪拼接，构筑新的画面，具夸张、荒诞的特点；波普艺术的图片拼贴则采用最通俗的题材，将各类杂志及广告上日常人们熟视无睹的生活内容、商业内容，运用再组合的方式，表现支离破碎的媒体印象。

陈钰坚 学生作品

课题 3　素描与文字

■　课题名称：素描与文字

■　训练目的：训练学生以视觉的思维及绘画语言转换文学性的内容。

■　课题内容：以素描的方式转换阅读文字时引发的视觉想象，探寻文字和
图像之间的必然联系。

(1)阅读文字、句子或文本。

建议阅读：单字、词语、句子、诗、散文、极短篇小说

(2)以阅读的文字作为素描的主题、灵感，完成一张作品。

文字素材适宜选择有巨大想象空间的题材，如描写跨越时空
界限的思维及心理活动，或具有哲学意义的、矛盾的、非现
实的语境。避免作简单的图解式插图，寻求画面意境与文字
意境的吻合。

■　课题意义：该课题训练旨在拓宽绘画的素材及灵感来源，借助阅读文字
时引发的视觉想象，丰富了艺术创作的表现内容，体会寻求
艺术知觉间的"通感"，掌握其互相转换的能力。

训练提示：

■　图形和文字的信息传达分属两个感觉系统。

　　图形和文字作为人类文化传承中最重要的两种传播媒介，具有完全不同的表意功能，其信息传达分属两个感觉系统。图形的信息传达属于视觉语言系统，运用点线面和色彩等视觉语言来组织画面，是视觉的直接传达方式。而文字的信息传达及思考过程是属于听觉语言系统，通过阅读（即默念）或讲述的方式，将文字先读成有意义的内容，再通过想象得以了然于胸。在这个听觉传达过程中，"文字闪映在我们脑海里并不知不觉转化成一种图像，而这种图像又因人而异，决不相同。因为每个人的生活经历各不相同，思维和阅历也各有差异，自然对某一事情、情节的想象也会不同。所以，不论是用文字来描述，或是解读一段文字，每个人的知觉反映都是不一样的。"[10]

■　诗与画：

　　将诗歌与绘画相提并论，较有影响的有外国18世纪德国艺术理论家莱辛，有中国北宋的苏轼。

　　莱辛在他的《拉奥孔》中，认为诗歌诉诸听觉，属时间艺术，能描述出一串活动在时间里的发展，宜表现"动作"或情事，而绘画诉诸视觉，属空间艺术，只能描绘出一片景象在空间里的铺展，而不表达时间上的后继，适于表现"物体"或形态。

　　北宋的苏轼则指出诗画的通感。如他的《书摩诘〈蓝田烟雨图〉》中的名言："味摩诘之诗，诗中有画；观摩诘之画，画中有诗。"（摩诘即王维。）这是指王维的诗从听觉导向视觉，他的画则从视觉导向听觉，体现诗画的通感。集中体现他的观点的名句还有"诗画本一律，天工与清新"、"少陵翰墨无形画，韩干丹青不语诗"，在宋代引起很大反响，得到人们的普遍赞同和一再引申。

　　绘画是静态的艺术、空间艺术，而诗则是动态的。因为诗至少是由一个以上的画面构成，这种静态画面的转接就构成了一种动态（蒙太奇）。

10> 引自《从常态到非常态》第56页，
孙晶编著，江苏美术出版社。

绘画的视觉语言传达是一瞬间完成的，是共时的；而诗歌的听觉语言传达是在时间层面上展开，是历时的。历时性语言无疑比共时性语言更便于叙事与表意。

从表现的内容上看，绘画表现的视觉画面直观、具体、真实，便于领略，但它较受时间和空间限制，只能表现某一瞬间的物态与景象；而诗歌表现的内容则不受时间和空间的限制，可以在言语之间轻松转换时间和背景，天南地北，古往今来，自由驰骋，并能描写事物的动态及变化，容量比绘画大得多。

并非所有的文字都可以用画面来表达，如诗歌中的动态性的意象，动作和气味，在静态的画面中是无论如何也表现不到的；同样，绘画中有些画面意境文字是形容不出来。所以："画难画之景，以诗凑成；吟难吟之诗，以画补足。"诗画可以互相取长补短，有时文字难以表达的，用绘画补充表现它；反之，当画面不能完全地表达作者的意思，可以附上诗词文字，借以宣泄胸中未尽的的情感。

它们是两种不同的传达媒介，它们的结合有时相得益彰，但有时却很难有一个完美的结果。

■ 汉字与图画

中国的汉字源远流长，是世界上最古老的文字之一，也是至今仅存的一种以形表意的文字。汉字起源于图画，原始文字大多是象形字，描摹实物形状，亦字亦画，是可读出来的图画，称为"图画文字"。象形字越来越符号化，逐渐脱离图画，形成汉字，故有"书画同源"的说法。世界上唯有汉字与绘画有此奇特缘分。

以素描的方式转化阅读性的文字时引发的视觉想象。
如唐诗《鸟鸣涧》、《山居秋暝》。

鸟鸣涧

王维

人闲桂花落，夜静春山空。

月出惊山鸟，时鸣春涧中。

程亮 学生作品

李健锋 学生作品

刘思敏 学生作品

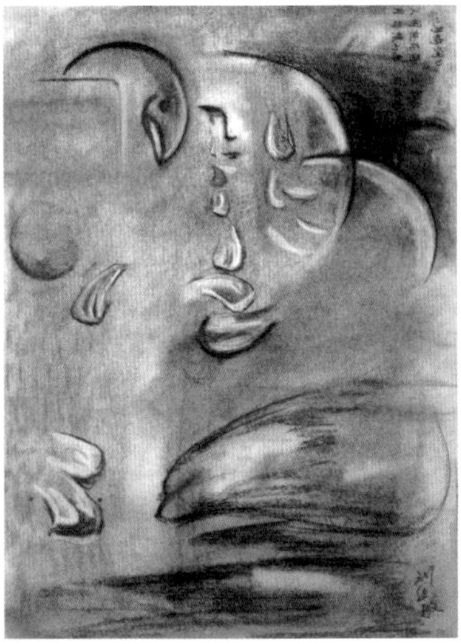

林小兰 学生作品

彭淑君 学生作品

曾玉梅 学生作品

山居秋暝

王维

空山新雨后，天气晚来秋。

明月松间照，清泉石上流。

竹喧归浣女，莲动下渔舟。

随意春芳歇，王孙自可留。

邓结韵 学生作品

陈蕊 学生作品

黄雪英 学生作品

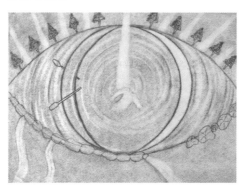

吴可盈 学生作品

■ 以绘画静态的独帧画面表现诗歌动态蒙太奇连续画面，可以将众画面剪接重拼，或突出某一个镜头，或截取各个画面镜头中具暗示意义的局部予以组合，构成具丰富内涵及暗示意义的画面，引发观者的无限想象。

又如下文中刘墉的短文《从前世逃到今生》，要求尝试运用抽象的视觉语言符号表现这个故事。

看《美丽佳人(Marie claire)》杂志里《一个妓女的告白》，一个妓女谈到她的"同事"，这个"同事"有一天突然请大家吃饭，说她就要嫁给一个外国人。像是所有"嫁"出去的姐妹一样，那个女孩子从此不再出现。"她和我们断绝联络，没有任何消息，就像消逝在空气里。"叙述这段故事的妓女感慨地说。

其实何止妓女这个行业如此呢？

记得我有位初中一年级的同班同学，功课太烂，留了级，他居然申请退学。

过了许久，才有同学发现，他转入一所私立中学。但是大家跟他联络，他居然冷冷地，躲着我们。

后来知道他在那私立中学总是名列前茅，大家都笑说："看，我们好学校的留级生，到那个烂私中也能拿第一。"

到他以第一志愿考上高中，大家才知道从走出我们公立初中的那一天，他就完完全全改变了。他开始拼命用功，他的新同学对他刮目相看，没有人知道他的"过去"，连他自己都把过去遗忘，包括我们这些"知道他过去的同学"。

人的一生，是不是只有一生，还是能够分成几段？告别这一段，换个环境、换群朋友，也换个"全新的自己"，走向下一段的人生。

许多人做到了，譬如"昨日死、今日生"。有了对自己的"全新肯定"。有些人失败了，像戒不了，又重犯毒瘾的人，再掉进以前的渊薮。也可能从天涯海角被"认"出来，被拉回他的前半生，为那前半生的罪作出赔偿。

我常想：有一天会不会发明一种机器，你只要作了决定，走过那机器，就如同饮过"忘川之水"，与以前不再有任何关系。

你有了全新的名字、全新的面貌、全新的未来，即使是你的仇家，知道你已经走过那架机器，也只当你不再存在。

这样，该多好！

只是，这跟死又有什么分别？

我们的"今生"，会不会正是从"前世"遁逃而来？

我们逃开了前世的仇家、躲掉了前世的孽债、舍下了前世的亲人、告别了前世的朋友、离弃了前世的爱人。

幸亏没有穿梭时空的警察，突然站在我们的面前，说"你逃不掉了，现在要把你引渡回去，还你未完的债。

生生世世，我们换了许多角色，结了许多缘、欠了许多债，到今生躲藏……

周月明 学生作品

我的画主要分左右两部分：
左边是前世所面对的东西——金钱，仇恨，开心，悲伤。
右边是今生——小路表示以后的去向，金黄的小路表示希望和选择。
今生改变："M"代表金钱，"!"代表对现世的感叹。

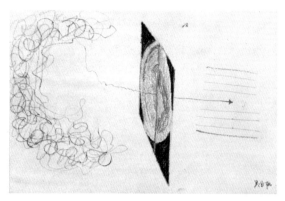

吴金桃 学生作品

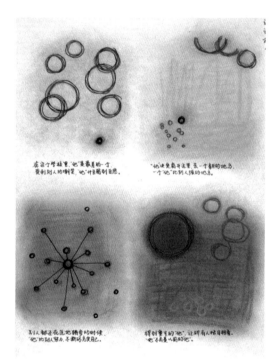

林小兰 学生作品

彭淑君 学生作品

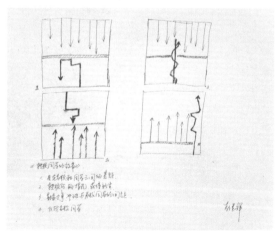

李健锋 学生作品

■　还可以尝试以交换文字的游戏方式来作画：给每个学生发
一张纸片，要求写上自己最喜欢的一首诗或一句话甚至一段
歌词，将纸片混合以自由抽取的方式交换，并以抽取到的纸
片上的文字为主题来作画。如：

"我们最接近的时候只有0.01公分。"
林才河　学生作品

"外面的世界很精彩，外面的世界很无奈。"
向娜　学生作品

"让晚风轻轻吹送了落霞，我已习惯每个傍晚去想她。"
吴可盈　学生作品

林小兰 学生作品

谭达徽 学生作品

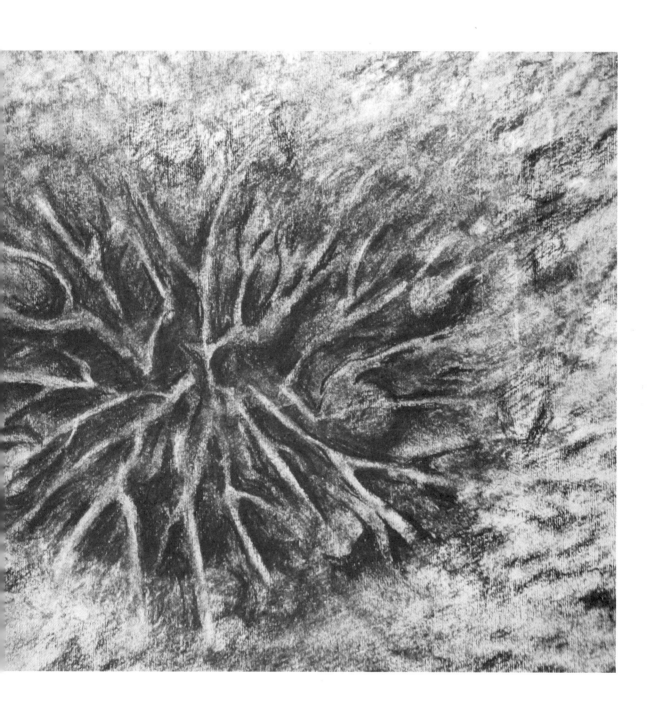

课题4 素描与音乐

■ 课题名称：素描与音乐
■ 课题内容：以素描的方式转化聆听音乐时引发的视觉想象，探寻音乐和图像之间的必然联系，听音乐与素描同时进行。
  1小时：播放西方古典音乐，建议学生留意音乐的结构。
  1小时：播放爵士乐，建议学生留意音乐的即兴性。
  1小时：播放世界音乐，建议学生留意音乐带有的异国情调。
  建议工具、材料：铅笔、炭笔、钢笔、毛笔、马克笔、水彩、水粉、木炭条、色粉笔、纸巾、水彩纸、有色底纸
■ 训练目的：训练学生用视觉思维以及绘画语言，转化听觉接收音乐的经验。
■ 课题意义：音乐和绘画分属两种截然不同的艺术：音乐是时间艺术，诉诸听觉；而绘画是空间艺术，诉诸视觉。人体的各个感官之间存在着某种神秘的联系，视觉、听觉、嗅觉、味觉、触觉之间相互联系，这就是通感。其中最活跃的是视觉和听觉，即通常人们所说的"视听通感"。音乐与绘画在整体结构和外部形态上有一定的对应性，受心理学通感的作用，音乐与绘画常常互相渗透，互相影响。本课题以素描的方式转化聆听音乐时引发的视觉想象，探寻音乐和图像之间的必然联系。

训练提示：

如何以视觉思维及绘画语言转化听觉接收音乐的经验是该课题的关键。音乐是虚无缥缈的、不可视不可触摸的东西，它存在于空中，而且只在某一时段里，但我们是如此强烈、如此清晰地感觉到它的存在，它的浑厚或轻柔、弥漫或犀利，它的形象是如此清晰可见，触手可及。所以音乐很容易"看得见"。体会音乐传达的感情，将音乐中蕴涵的感情外化为可视的画面。

（1）乐音的形状

不同乐器乐音的形状不同：如点的乐器：鼓、钢琴。线的乐器：音高由低到高，线条由粗到细。小提琴、长笛、短笛——非常细滑的线，大提琴、单簧管——略粗的线，低音乐器直至双低音乐器、大号的最低音调——粗重的线。面的乐器：锣。

（2）乐音的质地

根据乐器的音质选择适宜表现的工具，如乐音与绘画的线条一样存在着刚柔、粗细、干湿、浓淡的差别，利用音质的流利或顿挫、圆润或艰涩来表现欢悦与激情、悠远与忿恨等种种情绪。

3）音乐的力度和速度

音乐的力度和速度与绘画的线条相对应，手运弓的压力完全等同于手对铅笔的压力。音乐的速度和力度是指旋律节奏的快慢和强弱，它们对音乐形象的塑造、表现和感情的正确表达都起着重要作用。

4）音乐的节奏和旋律

乐音及乐音之间巧妙的艺术组合，形成音乐的节奏和旋律。它们之间协调或对抗，追逐或融合，飞跃或消逝使我们感到美的愉悦。节奏和旋律是塑造音乐形象最主要手段，是音符按一定的高低、长短和强弱关系而组成的音乐线条，可以说是音乐的灵魂。

在绘画中，对立统一、调和对比、反复渐变等形式美的组织法则和规律同样适合音乐，画面中同样存在点画的分合

邹燕 学生作品

聚散、虚实隐显，笔墨色彩的浓淡干湿的对比、组织、搭配、呼应等一切关系，可以说音乐的节奏和旋律相当于绘画的构图布局与组织造型。

(5)音乐的色彩

音色与颜色之间存在着自然的联系，色彩音乐即是音乐艺术中一个致力于将音乐和色彩联系起来的流派。有人曾把耳朵能听到的声音频率范围与可见光的光谱色带按比例地联系起来，即最低音是红色，最高音是紫色。这只是一种机械的联系。还有许多人从节奏、曲调、调性、和声等多方面去寻找音乐与色彩的联系，而且想找出一个规律能使音乐与色彩可以互相"反译"，这可以说是色彩音乐的开端。音乐家波萨科特曾提出了一个让人可以接受的比拟：弦乐、人声——黑色、铜管和鼓——红色、木管——蓝色。而指挥家高得弗来的见解是：长笛——蓝色、单簧管——玫瑰色、铜管——红色。这种比拟得到更多人的赞同。还有人把不同风格的作曲家的作品与色彩联系起来，如莫扎特的音乐是蓝色的，肖邦的音乐是绿色的，瓦格纳的音乐则闪烁着不同的色彩。这种音色与颜色的联想是人们在艺术欣赏中逐渐获得的，但答案不是唯一的，也不是绝对的。

(6) 音乐的意境

聆听音乐可以令人产生视觉联想，所以可以利用音乐来表现某一画面或意境。"音乐与视觉空间感有三个维度的联觉关系：音高的上下——纵向空间知觉的高低、深浅，音乐时间的长短——水平空间知觉的延展，音乐的强弱——深度空间知觉的远近。"但音乐的时间感对应的空间延展感是单向的，对需要双向围合构成的形状轮廓的表现则无能为力。"这就决定了被音乐表现的视觉对象仅仅是它高度抽象化了的视觉特征，视觉对象的具体特征要靠听者的联想与想象来填充和弥补。"而标题的指引和暗示在形成联想的过程中起了关键的作用。[11]

如俄国作曲家莫索尔斯基的《图画展览会》，是作曲家1837年在看了亡友加尔特曼的绘画遗作展览会后，为纪念亡友而作的钢琴组曲。全曲共分10段，每段以一幅图画为创作

11> 引自《音乐与其表现的世界》第175页，周海宏著，中央音乐学院出版社。

依据。其中《两个犹太人》是用音乐转化视觉画面的较成功例子：表现的画面上有两个犹太人，一个肥胖、骄横，一个瘦弱、怯懦，两人的形象对比鲜明。肥胖的"富人"，其音乐主题含有大跳和短促的停顿，由弦乐和木管齐奏，显得粗壮、自负；瘦弱的"穷人"，其音乐主题采用同音反复，初次出现时用加弱音器的小号演奏，刻画出战战兢兢、畏畏缩缩的形象。

产生于19世纪末的印象主义音乐，则是受象征主义文学和印象主义绘画的影响而出现的音乐流派。其主要特点是通过音乐表现人对自然界现象的感觉和印象，而非描绘具体的画面。它常用恍惚迷离的音乐语言，渲染出若隐若现、闪闪烁烁的气氛和色彩，具有与印象主义绘画画面相同的效果。主要作品有德彪西的管弦乐曲《牧神午后》、《水中倒影》、《大海》。

■ 以素描的方式转化为聆听音乐时引发的视觉想象，探寻音乐和图像之间的必然联系。可以通过以下三种方式加以体会尝试：

（1）感受音乐，从形状、质地、力度和速度、节奏和旋律、色彩、意境几方面对音乐作预先分析，然后选择适当的视觉语言表现音乐的视觉形象。画面体现音乐的特征与风貌，从形、色、意境几方面较好地与音乐相吻合。

（2）听音乐时脑海中呈现的画面。画面内容因人而异，体现丰富的想象力。

（3）体会音乐中传达的情感，将身体融入音乐的节律中，将自己的身心与音乐融为一体，手随心动，笔随心走，留下画面痕迹。

除了以绘画的方式表现音乐之外，还可以尝试运用材料来表现音乐，这其实是一种在听觉与触觉之间的感觉转换。不同的音乐会给与我们丰富的视觉联想，除了形与色之外，还会有质地的差别。如虚无缥缈如棉花，飘柔顺滑如丝绸，清澈透明如玻璃，慵懒温暖如毛皮。不同材料的形态、色彩、质地都会赋予我们不同的感受，所以材料是一种无声的语言，可以成为我们表达不同音乐感受的手段。

　　另外，还可以尝试让学生将听音乐的灵感转化成为设计感受。如服装、用具（如台灯、杯子）、空间的设计，可以选择自己感兴趣的种类，尝试将音乐的灵魂注入自己的设计中。具体的设计步骤可以是从音乐中得到关于形、色、质地的联想，然后通过聆听音乐获得的感受，提炼出音乐主题，围绕主题进行服装等形态的设计。

费韵 学生作品　　　　　　　　　　　　　　　　　　　詹俊腾 学生作品

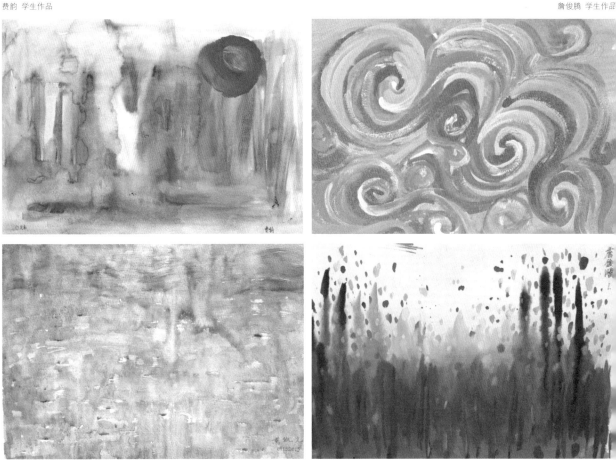

黄凯光 学生作品　　　　　　　　　　　　　　　　　　詹俊腾 学生作品

陈春怡 学生作品

黄明家 学生作品

赵琴娟 学生作品

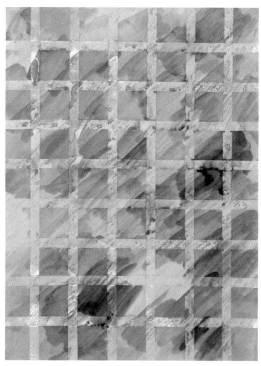

陈淑娴 学生作品

吕结仪 学生作品

陈淑娴 学生作品

课题5 素描与录像

■ 课题名称：素描与录像
■ 训练目的：训练学生以静态的视觉思维及绘画语言，转化带有动态及时间性的观看录像或电影的经验。
■ 课题内容：以素描的方式转化带有动态及时间性的观看录像或电影的经验，探寻绘画和电影之间的联系。
　　　　　　(1)观看一件录像或电影作品。
　　　　　　(2)以观看的录像作品作为素描的主题、灵感，完成一张素描作品。
■ 课题意义：艺术从来都是触类旁通的，未来的艺术家及设计师须具备从其他艺术领域及身边事物中获取创作灵感的能力。当今时代的艺术的最大特征就是多元共存与交融并进。跨越各艺术门类的界限，将以往不同艺术形式和风格予以综合，通过重新解构和建构，获得非单一化的艺术语言，是使艺术获取更大生存和发展空间的有效手段。未来的艺术家及设计师，需要通过印象素描的训练，学会记录自己的"印象"，捕捉瞬间的创意闪念，作为日后创作的参考。

训练提示：

■ 未来主义绘画与摄影

如何将动态的影像转化成静态的图像，这是该课题的关键部分。对动态影像的捕捉，史上有"动态艺术"流派，也称为未来派绘画。描绘运动的名作有如巴拉的《链条上的狗》，波丘尼的《人体的运动》，杜尚的《下楼梯的裸女》。区别于以前的绘画的是：以往的绘画描绘物体瞬间的状态，而他们的作品是带给你整段运动的过程，好像是一叠图片叠放在印刷版上，这和当时出现的连续摄影有密切的关系。绘画与摄影互为影响，也产生了未来主义摄影，作品有其主要代表人物安东·吉乌里奥·布拉加里亚的《打耳光》。未来主义绘画与摄影都是极力表现事物的运动、光与速度，体现出一种将时间流程与空间运动尽可能组织进一个画面的野心，画面具有强烈的动感与视觉冲击力。

《链条上的狗》巴拉

《人体的运动》波丘尼

■ 蒙太奇

"蒙太奇"一词是法语"Montage"的译音，原本是建筑学上的用语，意为构成、装配、砌接。后被引申到影视艺术领域，指影视作品创作过程中的剪辑组合。

"蒙太奇"不等同于一般的剪辑，将什么样的镜头与什么样的镜头连接在一起，是一种叙事、表意的艺术创作行为，这种行为的理念、规则才是"蒙太奇"。后来的蒙太奇被扩大成为一种"分解和组合"的创造性思维方式。

引用电影美学家王志敏先生的说法："蒙太奇是通过对人的视觉注意机制的模拟或补充，来设计的电影作品的叙事达意的小单位构成大单位及整部影片的结构原则。"[12]

《下楼梯的裸女》杜尚

■ 绘画与电影

绘画与电影最大的区别在于绘画是表现某一瞬间的静态图像，而电影是表现某一时段中的动态图像。电影的画面是一个动态的画面，当摄影机移动的时候，在它的画框里出现的情况是：原来的空间被排除在画框外，新的空间进入画

《打耳光》安东·吉乌里奥·布拉加里亚

12> 引自《影视语言》第85页，鲁涛著，陕西人民美术出版社。

框。它在不断地变化。而绘画则是静态的艺术，表现某一瞬间的物态和景象。

电影艺术家在他的作品中切割、分解现实的时间与空间。同时，它的时空向宏观与微观两极开放，可以展现特别长的时间与特别大的场景，也可以展现特别短的瞬间和特别细小的事物；可以根据影片叙事及表意的需要将现实的时间在电影中压缩或拉长。假如导演对某些情节画面的重要性或魅力有所发现和强调的话，也许它在现实中发生的时间只是短短的几秒钟，但在电影中可以让它持续一段时间，而这只有在电影中才能够实现。电影创造了时间，观众必须适应其中的节奏。绘画则是由观赏者决定自己的欣赏时间。

绘画和电影是艺术门类中不同的两种表现手法或创作手段，可以表现同一创作意图，或表达创作者的同一感受。绘画是一切造型艺术的基础，包括综合艺术形式的电影。在电影拍摄过程中的服装、道具和灯光等的安排均需要审美的眼光，这体现了电影制作中美术指导的重要作用。

■ 画家与导演

电影与绘画在画面造型处理方面的共通性，使电影制作人与造型艺术家之间产生了紧密的联系，他们互相借鉴、互相影响。电影也常常成为画家创作的一种新型媒介，画家在参与拍摄电影的同时也把其观察与表现方式带入了电影之中。有个典型的例子，如：超现实主义画家达利，他超常的想象力及作品的精美程度至今令人赞叹。他的艺术生涯丰富多彩的，除了绘画与雕塑之外，涉猎的领域包括舞美、摄影、电影、时装。与布努艾尔合作拍摄的电影《一条安达鲁奇狗》中的大胆镜头使其成为超现实主义电影经典作品。而另一个传奇人物是中国的陈逸飞，他在绘画领域取得成功之后，将其事业拓展到其他造型艺术领域：拍电影、办时尚杂志、创时装品牌及模特经纪公司。对陈逸飞而言，绘画与电影一直有着密不可分的联系。他把银幕当成画布，摄影机当作画笔，拍摄的影片有《海上旧梦》、《人约黄昏》、《逃往上海》和《理发师》。他的电影具有鲜明的个人风格，强调在影片中营造浓重的氛围和淡淡的哀伤，而其电影画面仿如一幅幅游动的油画。

电影与绘画、静态图像与动态图像之间互相吸收、补充、融合，彼此借用，彼此阐释，产生新的艺术形态的作品。这已成为艺术创新的一种途径，显示出新的艺术魅力与风貌。

■ 用一个画面来表达对一段影片或录像的印象，介绍几种手法以供参考：

（1）表现影片当中的某个具典型性或反复强调的镜头或画面，不须受原有画面的束缚。可以根据自己的要求重新构图，营造气氛，选择表达重点，不遗余力地予以强化、渲染与表现。

这种手法接近于传统电影海报的形式，但往往一个经典的画面是可以概括出整部影片的基调及主题的。这种方式需要的是对整部影片一连串动态画面图像的捕捉能力和概括提炼能力。

《花样年华》黄明家 学生作品

（2）运用"蒙太奇"式的剪辑手法,极力让画面呈现出时空的跨度及叙事(透露来自故事情节的信息)的过程。

素描画面采用"蒙太奇"式的图像剪接方法表达电影印象,这种手法更贴近于电影中"蒙太奇"这一典型的画面叙事特征。电影蒙太奇以快速剪接的影像转换场景,通常用来暗示时间的流逝及过去的事件,多用溶接及多重曝光的方式来表现。绘画蒙太奇画面可以选取电影中事件发展几个关键镜头(可长短镜头结合,远景、中景与特写结合),采用拼贴、并置、溶接及多重影像叠合的方式来表现,从而使画面呈现出时空的跨度及叙事的能力。该手法具有一定的难度和挑战性,需要从叙事角度出发,对影片连串动态画面具有筛选能力和表现画面上图像的组织安排能力。

（3）提取影片当中具有代表性或有富有寓意的符号或图

《钢琴别恋》徐志欢 学生作品

形，组成画面，通过图形间的关系来揭示故事情节及影片的主题。

该手法需要对影片的内容及人物间的关系有深刻的理解，提取影片当中具有代表性或富有寓意的符号或图形，如片中揭示情节或人物关系的物品或小道具、肢体语言符号、地名、日期、数字、符号等，通过图形间的关系来揭示故事情节及影片的主题。运用最简洁的形式表达最丰富的内容，反而易给人深刻的印象。

该手法不同于前两种手法，不是截取影片中的镜头表现影片，而是采用间接的方式，画面也许根本没出现片中的男女主角，而是利用其中不起眼的小物品或道具（可不同于影片中原形而根据情节作进一步的改变或处理），以富有意味的呈现形式揭示主题。该手法具有一定的难度和挑战性，需要具备对图形的选择、处理及运用表达的能力。

《重庆森林》吴可盈 学生作品

电影《重庆森林》包含两个故事：第一个是警察与杀手的故事，剧中那个警察打领带引起了我的兴趣，因为便衣警察一般是不打领带的，于是我将男女主角最具代表性的部分——领带与高跟鞋，放到画中。另外，我认为这个故事的发生注定是一个错位，所以我用黑白、红白相间营造出一种错位，不相配的感觉，第二个故事最具代表性的是手绘的登机证，所以我把它画下来，后面的橙色代表加州的阳光。

《花样年华》李加锐 学生作品

《花样年华》费韵 学生作品

《花样年华》张学坤 学生作品

《蓝色》李毓典 学生作品

《蓝色》蔡奇真 学生作品

《蓝色》郭惠爱 学生作品

《如果·爱》郭燕珊 学生作品

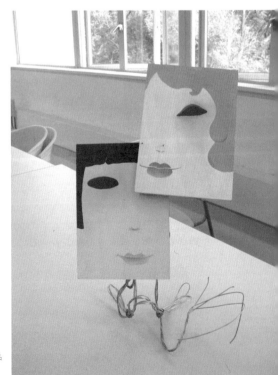

《如果·爱》陈淑娴 学生作品

《如果·爱》朱红如 学生作品

《如果·爱》胡玉洁 学生作品

SHALL WE DANCE 曹少华 学生作品

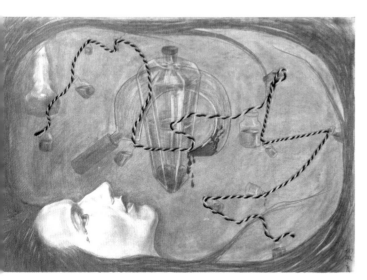

《香水》杨敏彦 学生作品

《重庆森林》吴可盈 学生作品

《重庆森林》黄凯光 学生作品

实验素描

实验素描

■ 课题内容：尝试将当代艺术的创作观念和实验方法引入教学，丰富素描的表现能力。主要包括：

（1）观念创作

通过了解当代艺术的主要流派的创作观念、创作手法及风格特点，尝试将其中的一些创作观念手法运用于素描创作。内容包括"素描与图表"和"素描与规律"。

（2）材料实验

通过对多种媒介材料的大胆尝试及综合运用，对材料的可能性和偶然肌理的不懈追求，寻求素描表现领域的新突破。内容包括"素描与剪贴"、"素描与删改"、"素描与能量"。

■ 训练目的：对当代艺术的创作观念及手法进行了解及借鉴，对材质媒介进行创造性尝试及综合运用，拓宽素描创作语言的空间。

■ 课题意义

（1）艺术教育应兼容当代艺术。

正如所有的艺术都具有当代性的特点和局限一样，素描也具有明显的当代性。当代文化和艺术观念对素描的作用以及在素描中的反映，使素描呈现出多样的面貌。素描作为艺术知觉最前沿的探知部分，反映着绘画艺术最前卫的艺术观念和创作理念。所以，将当代艺术的创作观念和实验方法引入素描教学，是艺术教育的需要和趋势。

（2）打破传统素描概念，将材料引入素描教学。

考察材料与材料、造型与材料的关系，从造型的最根本处调整艺术思维。在对材料的选择和运用过程中，必然带来艺术造型语言的转变和拓展，从而对造型观念形成冲击。丰富的媒介材料的引入，扩充了作品的审美视野，显示了新的观察与反映的方式。当今传统的绘画工具和单一的表现媒介已无法满足人们的审美需求，对多种媒介材料的大胆尝试和运用，无疑是拓展丰富的造型语汇的必然之路。

课题1 素描与图表

■ 课题名称：素描与图表

■ 训练目的：学习运用图表的方式表达创作观念。

■ 课题内容：将图表元素引入到素描创作的实践活动中，让学生重新看待实用的地图、平面图、图表的图式，作为素描题材和形式的启发。

　　(1)在课前搜集古代或现代的地图、平面图、图表。

　　(2)以该地图、平面图、图表作为素描的主题或灵感，完成一张作品。

■ 课题意义：学习运用图表的方式表达创作观念，将大脑中的思维活动可视化。绘画中图表的运用源于观念艺术。观念艺术家认为语言就是思想观念，他们在创作中舍弃传统的绘画形象，而趋向于文字词语的表达，并将语言的范围增大，包括计划、设想、文字草稿、速写、素描、标题、记号、文字描述和记载、摄影、地图、电视、录像、录音等，所有人类的观念、思想、语言都可以成为观念艺术的手段、媒介和表现方式。

训练提示：

观念艺术中图表的运用观念艺术是20世纪60年代在美国及西欧国家发展起来的现代美术流派。它排斥传统艺术的造型性，认为艺术创造的核心是观念的表现，而非视觉形象的创造。照片、教科书、图表、录音带乃至艺术家的身体成为观念艺术的传达媒介，表现观念的形成、发展及变化的过程，同时也记录着艺术形象由构思转化成图式的过程，以把握艺术家的思维轨迹。观念艺术中图表的运用的典型例子有：波于提(Alighiero E Boetti，1940—1994年，意大利人)的作品《世界政治地图》(1970)，运用各国国旗作为世界地图的分野，展现出冷战时期多元文化的地球观。

《世界政治地图》波于提

■ 制图与绘画

自古以来制图活动与山水绘画就具有同源同宗的关系。古代地图因为空间资料搜集与获得的途径有限，所以基本上属于描绘性，并无空间精度的概念。中国的古地图同时也是一幅山水画，以艺术的方式记录着地理空间信息。地图的绘制过程是对现实空间的简化提炼及阐释表达的过程，地图本身承载了人的创作才智，也体现了其审美情趣。

而在绘画中经常涉及对事物与空间关系的描述。中国传统绘画特别是山水画作品中，通过对自然地理景观和人文活动景观的描绘，都多多少少透露着真实的地理信息。"它们涉及诸多场景之间的空间关系，具体包括方向、距离、高度、角度、远近、大小、虚实，以及材质、纹理、色调等等。"[13]（如《清明上河图》、《避暑山庄图》。）

有意思的是，我们可以从古地图上了解到当时人们的宇宙观及对地球的看法。地图直接反映着制图者当时的时空概念，并以点、线、面等符号的形式体现在地图上。

■ 图表的类型都有哪些呢？

图表的定义：表示各种情况和注明各种数字的图和表的总称，如示意图、统计表等。(《现代汉语词典》)

13> 引自《绘画艺术与地图绘制》，王红旗著。

图表可以表现事物的发展走向、起伏、分支、从属、比例等情况。除了地图这一丰富的图表形式之外，还包括其他各种图和表，如：饼图、柱状图、坐标图、路线图、思路图、电路图、星座图、心电图、人体脉络图、八卦图、棋谱、族谱等，以及项目表、时刻表、功课表、视力表等，甚至像树干、河流、马路、迷宫、手纹、叶脉等等具有网络、脉络的雏形，可以表现事物的各种关系，也可以成为我们表达观念的选材。

■ 图表具有的优点：擅长表达关系（如族谱）、方位（如地图）、思路（脑地图）。所以在本课题中可以尝试运用图表来表现：

（1）新型地图的绘制

可以打破传统的地图模式，根据自己的兴趣与视角，重新设计符号标志，融趣味性与可解读性于一体，将景点的描绘与方位的标识相结合，设计出一张独具特色的地图。

蔡立雄 学生作品

（2）思路图的绘制

大脑图像化/脑地图/找寻解决问题的方法的思路图

将抽象的思维活动可视化，将丰富的思维模式用图表的形式表示出来。脑地图已成为加强记忆、找寻解决问题的途径及创意来源的有效方法。

林燕平 学生作品

（3）关系图的绘制

人是社会动物，除了与生俱来的亲戚关系之外，必然有后天与其他人接触而形成的社会关系，如同学、同事、朋友、情人、爱人等关系。人与人之间的关系是非常复杂和微妙的，利用图表可以让复杂的关系变得一目了然、清晰明了。家族谱就是以血缘关系为依据而制定的图谱，比如《红楼梦》中的家族谱可以让庞杂的关系清晰可见。还可以尝试利用图形语言显示人与人之间关系的深与浅、短暂与长久、爱与恨、单向与双向（如单恋与相恋）、相吸与相斥、欣赏与利用。

（4）观念表达

选取任何一种图或表的形式，将表现的内容予以更换，借以表达思想观念。例如利用表达空间方位的全国地图表达时间（火车时刻表）。

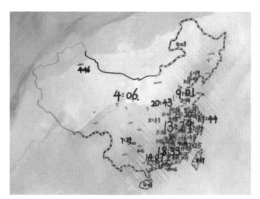

庄希诺 学生作品

利用地下的蚁穴剖面图形容人生的组成内容与时间分配等等。

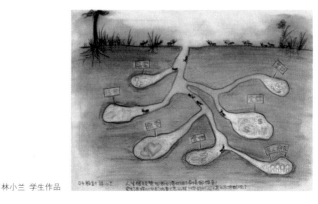

林小兰 学生作品

钟旺 学生作品

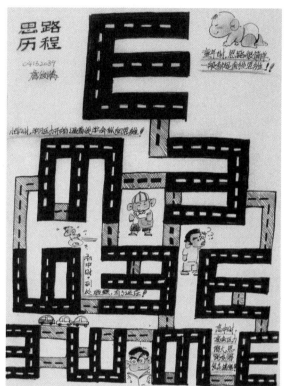

詹俊腾 学生作品

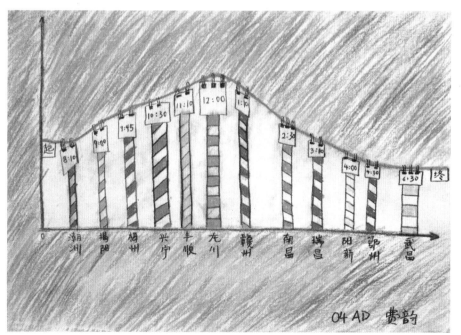

费韵 学生作品

巢容娟 学生作品

周月明 学生作品

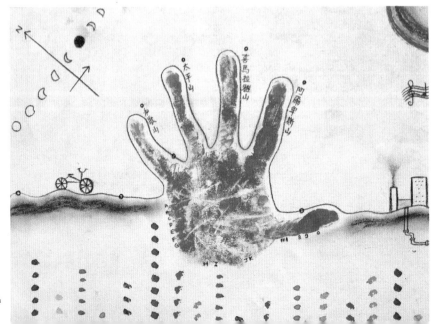

吴可盈 学生作品

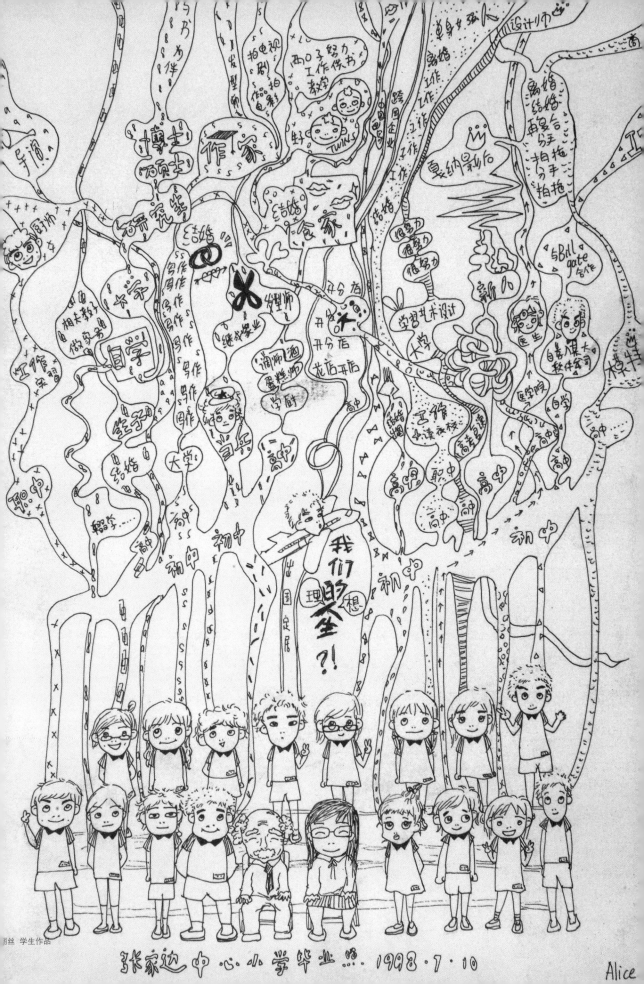

课题2　素描与剪贴

■　课题名称：素描与剪贴

■　训练目的：通过图片的剪贴重构，训练利用现有图片素材引发的想象进行创作的能力。

■　课题内容：引导学生运用剪贴及拼凑的方式，与绘画性的手法相混合，完成作品。 课前准备˝可剪˝的物料，例如印刷品、有手绘痕迹的纸、拓印各种肌理表面的纸、各种质地的纸张，以及素描作品本身之画纸。另外还需要准备剪刀、胶水、画纸及一般绘画工具。

■　课题意义：运用剪贴的手段，将图像从原来的照片中提取出来，予以创造性的运用，形成出乎意料的图形组合效果；或围绕表达的主题，重新构成富有内涵的画面。训练利用现有图片素材引发的想象进行创作的能力。混合利用自然与人工的肌理在画面上形成各种对比，通过触觉和视觉的体验，激发学生对材质的敏感。

训练提示：

■ "拼贴"缘起：立体主义绘画

在立体主义运动的综合立体主义阶段，画家创造性地将实物引入到画面中。将实物图片作为质感、明暗、色彩、肌理的素材选择拼贴进抽象几何化的画面，混合自然真实与绘画真实，以亦真亦幻的画面引发人们思考自然与绘画什么是现实，什么是幻觉的问题。这种拼贴的艺术语言也成为立体派绘画的主要标志。在对拼贴材料的运用中，毕加索完全摆脱拼贴的纸片与表示的物品之间的现实逻辑的约束，显得更加大胆和富于幻想，如花纹墙纸可用来表现桌面，报纸也可剪贴成小提琴。他曾阐述自己对于拼贴的看法：

"使用纸粘贴的目的是在于指出，不同的物质都可以引入构图，并且在画面上成为和自然相匹敌的现实。我们试图摆脱透视法，并且找到幻觉。报纸的碎片从不用来表示报纸，我们用它来刻画一只瓶子、一把琴或者一张面孔。我们从不根据素材的字面意义使用它，而是脱离它的习惯背景，以便在本源视觉形象和它那新的最后定义之间引起冲突。如果报纸碎片可以变成一只瓶子，这就促使人们思考报纸和瓶子的好处。物品被移位，进入了一个陌生的世界，一个格格不入的世界。我们就是要让人思考这种离奇性，因为我们意识到我们孤独地生活在一个很不使人放心的世界。"[14]

■ "拼贴"盛行：波普艺术

"波普艺术是在20世纪五六十年代发展起来的反主流文化运动。从艺术史发展的角度来看，波普艺术可以视为自立体主义、表现主义以来艺术上的又一次重大的质的改变。它完全破坏了艺术遵循的高雅、低俗之分，打破了原来公认的严肃艺术应该是高级艺术的界限，而把日常熟视无睹的生活内容、商业内容、新闻媒体引导的支离破碎的社会形象，利用商业符号的拼凑方式，利用完全没有艺术家情绪倾向的中立方式和绝对客观立场来从事创作。""当今社会人们生活在新闻媒体的信息轰炸中，而接收到的信息又是支离破碎的。波普艺术采用‘拼贴’的表现方式，很大程度上表现这种支离破碎的媒体印象。"[15]

■　剪贴的方法

运用剪贴的手段，将图像从原来的照片环境中提取出来，予以创造性的运用，形成出乎意料的图形组合效果。具体方法有如下几种：

（1）形的组合与创造

运用剪贴的手段，对物体进行解构与重构，将两种相关或不相关的形组合在一起，产生新的形象，体现智慧与幽默感，制造奇异的效果。

（2）物质属性的置换

利用剪贴的便利，改变物体本身的物质属性，进行其他材质及属性的置换。如木纹表面的苹果，由海水构成的人体剪影，飘在空中的石头，迅速下坠的气球。

（3）比例的逆反

改变物体之间正常的相对比例，将不合理比例的物体剪贴组合在一起，营造超现实的情景画面。

（4）空间的虚实转换

将现实空间中的实体与虚体作转换处理，如用天空（虚体空间）的图片替代地面（实体空间），用艾菲尔铁塔（实体空间）的图片替代投影（虚体空间）的形状，营造扑朔迷离的画面空间。

（5）围绕表达的主题，重新构成富有内涵的画面

如作业图例中，利用剪贴图片挖除人物影像后留下的画面，可以表现某个人留在脑海中的影子，进而组合创作，表现战争夺去了女人的情人、儿子、丈夫，但他们的影子仍然活在活着的人的世界里。

■　剪贴的材料

（1）各种纸张，如报纸、宣纸、瓦楞纸、拷贝纸、牛皮纸、有色底纸、废旧的杂志图片、废弃的素描草稿纸等。

（2）拓印生活中实物肌理的图片，如钱币、树叶、石子、木纹、纺织品等。

（3）使用描绘、喷洒、熏炙、擦刮、揉搓、渍染等多种手法改变纸张表面肌理，自制特殊的剪贴素材。具体的制作手法有：滴色、水色、水墨、吹色、蜡色、撕贴、压印、转印、干笔、粘贴、揉纸等。我们可以根据画面所要表达的主题及内容运用不同的方法，营造新颖的画面效果。

（4）少量的薄型实物材料，如纱布、麻布、棉线、沙子、叶片和海绵等。

■ 剪贴的意义

（1）通过剪贴的方式训练利用现有图片素材引发的想象进行创作的能力。"相对于写实能力而言，想象力所指的并不是如实地描述面前可见对象的能力，而是创造未见之视觉形象的能力。想象并非无中生有，想象总是受某种促进因素激发。一个设计者的想象力往往取决于它是否能够把握住所见之物的视觉内涵，它的美学潜能，以及由此生发的联想等。"[16]

（2）对材料肌理的综合运用是拓展、丰富素描造型语汇的有效手段，同时培养了作者的观察、分析、理解、判断形象的思维能力，又培养了想象力和创造力及对美感的有效把握和表现的能力。

根据主题设计画面，通过画面中点、线、面的位置、大小、比例、聚散等变化，表现出空间深度。不同的材料肌理本身已具备视觉上不同程度的前进感与后退感，根据画面空间层次的需要安排经营材料的位置，营造丰富的空间层次与视觉效果。

利用材料肌理本身的形状线条引发的情绪反应，可以表现不同的情感主题。我们知道，不同的图形形状可以传达和谐、冲突、独立、交融、平等、压迫等情绪和感觉；同样，线条的不同组织与排列，可以表现平和、喜悦、理性、冲动、悲哀、迟滞等情感。所以可以利用材料本身的形状及肌理，也可以通过主观的组织或改变，表现出不同的情感主题。

14> 引自《情侣笔下的毕加索》第60页，弗朗索瓦·吉洛等著，天津人民出版社，1988年。

15> 引自《世界当代艺术史》第15页，王受之著，中国青年出版社。

16> 引自《设计与视觉》第18页，顾大庆著，中国建筑工业出版社。

《法吻》是一个讲述神父与一个秘书发生感情，在车内亲吻，随后秘书反悔，控告神父性骚扰的故事。故事中的两个主角多年来都受到这事的困扰，他们终于在一次宴会上尝试用对话解开心结。在我的作品中，连着的方格代表锁链，禁锢，很多嘴巴代表对吻的欲望和周遭人的非议，蓝色与红色代表男与女的相撞与激情，也代表水火不容和争执，交缠的线代表困扰，撕掉的地方再用透明胶修补代表修补破裂的关系，烧掉的地方代表过去的激情。

吴可盈 学生作品

林燕平 学生作品

李植雄 学生作品

梁汝贤 学生作品

课题3　素描与删改

- **课题名称**：素描与删改
- **训练目的**：实验"删改"、"擦除"、"破坏"在素描活动中用于表现的可能性。
- **课题内容**：引导学生实验"删改"、"擦除"、"破坏"在素描活动中用于表现之可能性。将"删改"、"擦除"、"破坏"作为素描手法，完成一件作品。

  (1)先用木炭条涂抹画面作灰底，然后用"擦除"(露出底纸白色)提亮与"添加"压暗的方式画素描，体验将橡皮作为画笔的感觉。

  (2)利用废弃的素描作品进行"删改"、"擦除"、"破坏"的尝试。

  (3)尝试用不断删改的手法进行素描写生。

  (4)利用一些现成的图像，如印刷品或照片，进行局部绘画、删改。

  建议工具：不限。

- **课题意义**：将一般素描描绘过程中作为辅助手段的"删改"、"擦除"、"破坏"作为主要的表现手段在素描活动中进行尝试，凸显"删改"手法的特有效果及画面表达的特殊意义。

训练提示：

删改的线条——"删"指"擦掉"、"去除"，"改"指"修改"、"重画"。

这里包括两种情况：

(1)悔改的笔画痕迹

指当画者改变主意，或画完后后悔时，对画面进行修饰或修改。贾科梅第反复删改的素描手法就属于这一种。他总想捕捉住眼前物象在真实呈现时的现象，但总是自我否定而重新开始。

(2)探索性的线条

这是一种为探索捕捉轮廓、姿势或动作而运用的描绘方法。手握绘画工具在画纸表面上以连续或断开的线条自由而快速地移动，线条是探索性的、不确定性的。探索性的线条是为了便于绘画者对物象的结构或动态作分析及比较，以便更准确地把握物象的轮廓线或动态线。所以探索性的线条一般会跟随轮廓移动，有时为找到形体的姿态和动作的主要线条而在形体周围或内部辅以辅助线或结构线。经过反复比照之后抓住的较确定的轮廓或姿势线条，则可以用较强的力度从一组探索性线条中强调出来。线条的不断否定、添加、反复重叠，留下不同深浅的痕迹，从中可以看出画家的探索和思考过程。

■ 运用删改的线条进行表现的画面特点：

(1)反复删改的线条不断否定、添加，反复重叠，留下不同深浅的痕迹，可以看出画家为把握眼前事物而不断探索和思考的过程，画面成为画家精神状态和思想轨迹的记录。因而画面具有了时间积淀的厚度。

(2)运用反复删改的线条来表现对象的典范——贾科梅第的素描。他认为被描绘的对象是在"不断生成，不断流变"的方式中被意识观照着的，真实的呈现总是在"存在与虚无"之间。而他的素描实际上就是试图在静止的画面上抓住这种不断逃离的东西。过去写实主义的素描只是把事物对象作为静止不变的〝存在物〞来摹写，而贾科梅第的作品却是对这〝存在物〞的〝存在方式〞的摹写。

（3）反复删改的线条留下密密麻麻、深浅不一的痕迹，这种草图性质的画面，具有一种〝未完成态〞与〝生成态〞，因而拥有不断生成的活力。

（4）反复删改擦去的画面总有痕迹留下来，于是随着反复次数的增多，这些留下来的痕迹积淀成为画面的一种特殊的肌理，具有丰富充实的视觉效果。那些由线条交织重叠形成的混沌之中，存在着某种力量的律动，图像蕴涵着饱满的视觉张力。

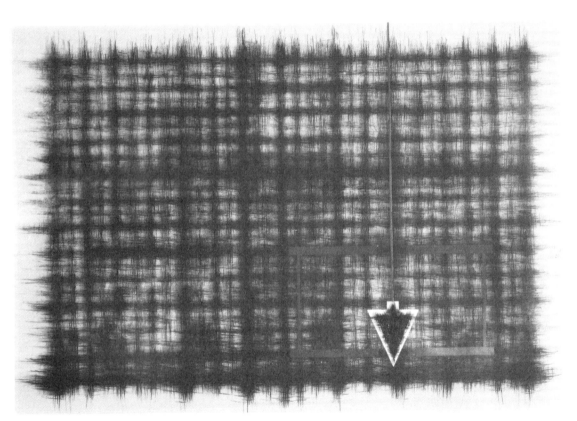

林德雄作品

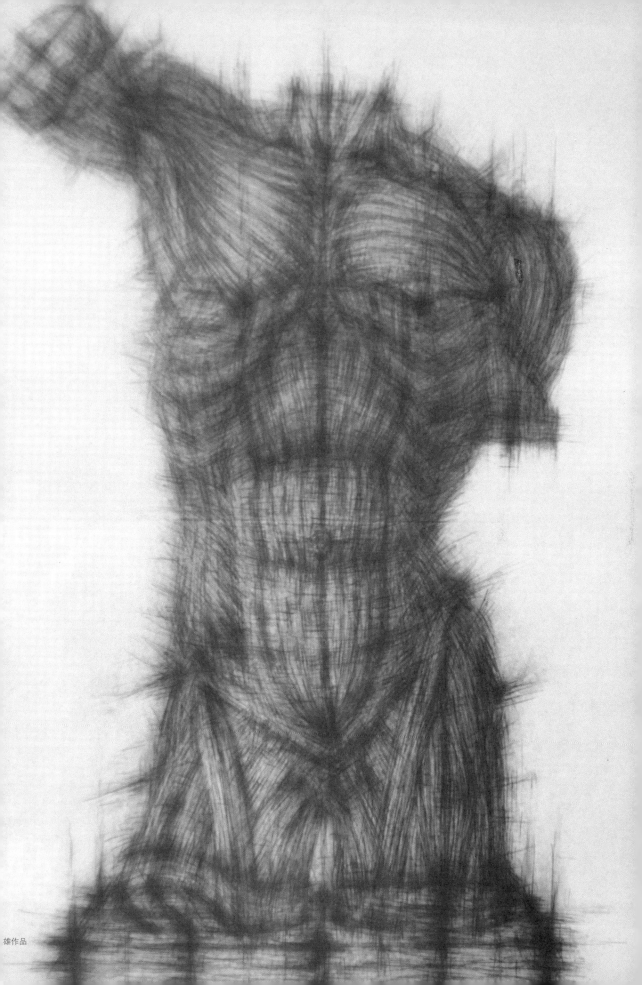

雄作品

李可贤作品

陈智慧 学生作品

邓结韵 学生作品

吴小靖 学生作品

林燕平 学生作品

佚名 学生作品

课题4 素描与规律

■ 课题名称：素描与规律

■ 训练目的：找寻自身的身体节奏和属于自己的线条语言，发展个人风格。

■ 课题内容：引导学生运用不同的规律设定，作为素描的过程、题材和形式的启发。学生可自行设定一些绘画的程序、规律和原则，例如用笔的长短、落笔的频率、色彩的设定、构图的骨格等。也可以预先搜集一些数据，再配合个人的绘画设定，最后完成一幅作品。

■ 课题意义：强化某种用笔的规律，可以形成画面风格。将素描过程中的用笔规律作为研究课题，尝试不同的线条运用，找寻自身的身体节奏和属于自己的线条语言；充分发展个人偏好，使之成为个人风格。

训练提示：

■ 每个人体内都有一种与生俱来的节奏，在本课题中，尝试找寻自己的线条语言。

人体内具有一种与生俱来的生物节奏，就如同有节奏的呼吸、心跳一样。我们体内这种被称为"动物的内在动力装置"的节奏感，可以使得人体这个有机体成为一个协作的团队，协调一致地完成各种复杂的动作，形成动作的协调性。

从何处可以窥见属于自己的身体节奏及线条语言呢？

很简单的例子——你的签名。"无可否认，每个人的笔迹都是独特的，不管这些线条拼出的名字是什么，它们都透露出大量的视觉信息。""每根线条的准确特征都来自于你的灵魂，你的生理条件和你的历史，体现你的个性及态度。因此，没有人能够准确地复制你的线条，因为你制造的线条携带着丰富而又复杂的信息，除了你之外，任何人都不能制造这些信息。"[17]

以色列具象表现主义画家阿里卡确信：风格类似于"神经学上的签名笔迹"，自有特性，不可模仿。"风格是一种频率，一种强度，只能由强度来激发，无法模拟……我们身上有一种小形式，它是我们作为艺术家的遗传密码。我所说的频率就是这种小形式的频率……我们的本性是去调频，我们命中注定要成为我们自己。"

从梵高、莫迪利阿尼、贾科梅蒂、摩尔、马蒂斯、修拉、拉菲尔、杜米埃和席勒的素描当中，透过各具特色的线条，我们可以清楚地感受到来自艺术家身体和灵魂的独有的生命律动。所以找寻自己的身体节奏和属于自己的线条语言，是本课题训练中的一个努力方向，也是许多艺术家毕生追求的目标。

■ 将个人偏好做足，发展成为个人风格。

在该课题中，通过不同规律的设定，学生尝试各种各样的线条纸上试验。教师应鼓励学生将自己在绘画上的偏好找寻出来，在作业中做足做强，加以"扩张"，以期形成鲜明的特色，发展成为与众不同的个人画面风格。

17> 摘自《像艺术家一样思考》（二）第56页，贝蒂·艾德华著。

■　尝试纸上试验。

反射动作与意识动作：就好像驾车时头脑中想着其他的事情，手和脚的熟练操作却可以一路安全地避让车辆，过几个路口的红绿灯，顺利到达目的地；饺子店里和你说笑聊天，手里却能一刻不停地包出漂亮饺子的店老板也是一样。当我们经过不断的重复，将一些动作变成熟练动作之后，在做同样动作时因为不需要太动脑筋，头脑就可能抽离出来想别的事情。此时手上的动作仍然在进行，但脑中并没有意识到这持续的动作，这些动作是靠身体对外在的感应及经验来自动完成的。这就是意识动作变成反射动作（或者说习惯动作）的过程。

然而我们会发现，在无意识中完成的事情，往往比有意识时来得完美；反射动作比意识动作丰富，它反映的是完全的身体经验。

所以在本课题的训练过程中，我们是否可以做以下的尝试：先设定规律，然后进行重复。通过重复的过程，使意识放松（即将意识动作变成反射动作），而放松时呈现的画面，会比刻意追求的画面来得生动、自然（就如同草图的生动一样），从而得到另一种意想不到的画面效果。

可以尝试将几种不同的规律结合在一个画面中。造型上可以作适当的夸张变形，构图奇特，不循常规。可以予以一定的规律设计及安排：比如受光面有一种规律，背光面有一种规律；根据图案、色彩、面料不同，运用的规律有所不同；还可以结合不同的工具予以表现，即这种规律用这种工具，另一种规律用另一种工具表现，不同规律呈现不同的肌理效果。

刘峰 学生作品

蔡奇真 学生作品

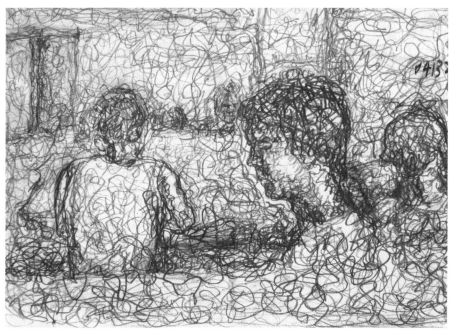

王岩 学生作品

课题5 | 素描与能量

■ 课题名称：素描与能量

■ 训练目的：引导学生从能量的赋予或转移的角度，思考在二元的平面上留下痕迹的可能性；另外，将材料视为一种物质能量，感知材料作为物质自身的存在意义和精神属性，使其成为艺术观念的有力表达形式。

■ 课题内容：尝试运用压力（例如用不同的工具在画纸上加压、折叠）、热力（例如火、太阳光、蒸汽、身体的温度），制作一幅平面的作品，亦可配合传统的绘画手法。

建议工具：不限。

■ 课题意义：本课题重新思考素描的表现手段与媒介载体。从能量的赋予或转移的角度，跳出素描传统手绘的局限，打开素描表现手段方式的思路。另外引入丰富的媒介材料，感知材料作为物质自身的存在意义和精神属性，使其成为艺术观念的有力表达因素，从而极大地扩大作品的审美视野，拓展和丰富素描的造型语汇。

从能量赋予或转移的角度考察，素描的线条可以看作是绘画者以工具作用于材料表面留下的痕迹，不管是用哪种工具(铅笔或炭条)，用哪种方式(手工或半手工半机械)。"绘"或"画"只是其中一种方式(虽然可能是最基本、最主要的方式)，但除此之外，有太多的方式可以留下痕迹。比如运用压力(例如用不同的工具在画纸上加压、折叠)、热力(例如火、太阳光、蒸汽、身体的温度)。该课题从能量的赋予或转移的角度，跳出素描传统手绘的局限，大大拓宽了素描表现的手段方式的思路。如扫刷、刻刮、泼洒、揉搓、折叠、撕拉、缝缀、粘贴、堆砌、染、拓、印、烧、洗、烫、熏等。对素描的表现工具及手段的不断探索与创新，是获得鲜明个性语言的一个有效途径。

■ 材料也是一种物质能量，感知材料作为物质自身的存在意义和精神属性，使其成为艺术观念的有力表达因素。

材料的丰富表现力越来越引起人们对它的关注。在19世纪末西方国家对材料表现的追求逐渐演化成为材料艺术。艺术家在长期的创作中逐渐意识到材料的审美价值和精神属性，对材料的关注也由作为物质载体的应用技术问题转向作为精神载体的存在意义及人文价值研究上。材料提升和转化为艺术语言的主体地位，成为人们直接思考对话的重要形式，从而实现了物质材料自身的审美价值和艺术家的观念价值。

■ 所有的材料都是有生命、有记忆、有历史、有语言的。

(1)所有的材料都是有生命的。不单是有生命的生物，包括无生命的自然物或人工物，也有其作为物质存在的新生，受岁月的侵蚀、生活的搓揉与摔打及最终的衰败和被丢弃的生命周期。所以任何材料身上都带着岁月的印记和生命的表情。

(2)所有的材料都承载着历史、记忆。一段烧焦的枯木，或一个废旧的抽屉都会给我们以无限的联想和丰富的暗示。就像经年的一把木梳子或衣箱底层青春岁月里的一条白舞裙，它们凝聚着我们过去的一段生活经历、个人的秘密、甜蜜的收藏和痛苦的回忆。自然带有历史的印记，从自然的衰败中可以看到历史的沧桑。

3.所有的材料都是有语言的，具有丰富的潜台词。正因为所有的材料都承载着历史与记忆，具有丰富的精神内涵，所以材料可以成为艺术家表达情绪与灵感的媒介，成为艺术家表达思想观念的重要艺术语言。

材料的选择和运用是素描艺术语言探索的一个重要方面。不同的材料将大大增强艺术家的想象力和表达力。肌理之间所表达的不同的和谐与对立给画面带来新的生动性。材料的感染力来自于材料特殊的物质性与观者的视觉经验、触觉经验、生存经验产生的共鸣。由于材质的差异，作品的表情、风格各不相同，这为艺术语言的探索提供了广阔的空间。

杨培江综合材料作品

杨培江 综合材料作品

《梦》 黄明家 学生作品

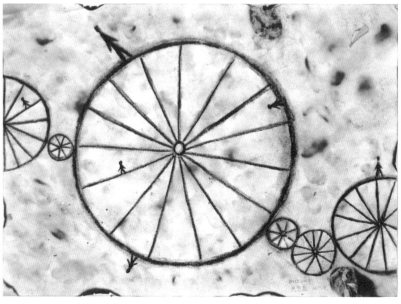

《距离》 吴可盈 学生作品

《梦》 黄卿仪 学生作品

《梦》 彭志强 学生作品

《梦》 李毓典 学生作品

后记

开始写这本书的时候刚刚得知自己有了身孕，于是怀胎十月也是这本书的酝酿过程，腹中的儿子与我共同经历写书的点滴欢乐与苦闷。伴随儿子的出世，这本书稿也初步成型。由于仓促成书，几经修改，这本书仍有很多不完善的地方，但希望能对喜爱素描的读者有所裨益。

"素描"作为汕大艺术与设计学院的第一门改革课程，已从2003级开始进行了教学尝试。我荣幸地第一个承担新课程的教学，参与此次课程改革。这本书即是在2003级、2004级、2006级、2007级设计专业实验教学的总结。在这个过程中，我得到了撰写课程教学大纲的香港中文大学艺术系陈育强教授的无私传授与指点，得到了靳埭强院长的大力支持，以及杭间顾问的热情鼓励。这一切对我来说都是无比珍贵的，也是这本书得以问世的先决条件。在此我要向他们致以深深的谢意！

新课题的尝试虽然只有短短几年的时间，教学方面尚处于摸索阶段，但积累了相当丰富的学生作业，正好又赶上学院计划出版一套实验教学的丛书，当时任学院副院长的杭间老师组织这套丛书的编写，他同时鼓励我参加。所以我将自己教学的一点心得与学生的作业结集出版。这一方面是对前一阶段教学的总结，另一方面也企盼得到专家及同行的意见和指正，希望能为探索中的艺术院校素描教学提供参考。

另外，我要感谢的是学院2003级、2004级、2006级及2007级设计专业的学生，他们的热情参与和积极配合，是新课程教学得以顺利开展的保证。面对与以往教学有很大差异的新课题，他们既表现出好奇与兴奋，也有困惑与不适。一幅幅作业体现着他们对新课题的思考与理解，也成为本书教学探索的可贵的参考部分。

最后，我要感谢我的恩师林龙华老师，他始终给予我默默的鼓励与关注；感谢韩然副院长的支持及容忍我没有及时交稿的失误；感谢陈育强老师为我写了精彩的序言，并允许我将他的探索成果发表，相信他提出的这些新的训练方法会对改革中的素描教学有所启发。